Couverture : peinture de Jean-Louis Morelle

ISBN : 2-7443-00160-4
ISSN 0-242-3715

ENEZ BEL :
LE RÉVEIL DE GRADLON

SÉRIE « SF Jimmy GUIEU »
Déjà parus

Nº 1 — Au-delà de l'infini
Nº 2 — Les monstres du néant
Nº 3 — L'invasion de la Terre
Nº 4 — Les Êtres de feu
Nº 5 — Hantise sur le monde
Nº 6 — Convulsions solaires
Nº 7 — L'Univers vivant
Nº 8 — Réseau dinosaure
Nº 9 — La Dimension X
Nº 10 — Chasseurs d'hommes
Nº 11 — La spirale du temps
Nº 12 — Nous les Martiens
Nº 13 — Le monde oublié
Nº 14 — Mission « T »
Nº 15 — L'homme de l'espace
Nº 16 — L'Ère des Biocybs
Nº 17 — Opération Aphrodite
Nº 18 — Expérimental X-35
Nº 19 — Commandos de l'espace
Nº 20 — Planète en péril
Nº 21 — L'Agonie du verre
Nº 22 — Univers parallèles
Nº 23 — La Grande Épouvante
Nº 24 — Nos Ancêtres de l'Avenir
Nº 25 — L'Invisible Alliance
Nº 26 — Prisonniers du Passé
Nº 27 — Piège dans l'espace
Nº 28 — Les Portes de Thulé
Nº 29 — Le Secret des Tshengz
Nº 30 — Refuge cosmique
Nº 31 — Demain l'apocalypse
Nº 32 — Les Destructeurs
Nº 33 — Les Forbans de l'Espace
Nº 34 — La mort de la Vie
Nº 35 — Joklun-N'Ghar la maudite
Nº 36 — Le Règne des Mutants
Nº 37 — Traquenard sur Kenndor
Nº 38 — Cité Noé Nº 2
Nº 39 — Le Grand Mythe
Nº 40 — Les Orgues de Satan
Nº 41 — Expédition cosmique
Nº 42 — Les Cristaux de Capella
Nº 43 — Les Maîtres de la Galaxie
Nº 44 — Opération Ozma
Nº 45 — Les Rescapés du néant
Nº 46 — L'Exilé de Xantar
Nº 47 — L'Age noir de la Terre
Nº 48 — Le Retour des dieux
Nº 49 — Les pièges de Koondra
Nº 50 — Les Sept sceaux du Cosmos
Nº 51 — Les fugitifs de Zwolna
Nº 52 — La terreur invisible
Nº 53 — Le bouclier de Boongoha
Nº 54 — L'ordre vert
Nº 55 — Le triangle de la mort
Nº 56 — Créatures des neiges
Nº 57 — La force sans visage
Nº 58 — La colonie perdue
Nº 59 — Plan catapulte
Nº 60 — La voix qui venait d'ailleurs
Nº 61 — La charnière du temps
Nº 62 — Les Légions de Bartzouk
Nº 63 — Enjeu cosmique
Nº 64 — La mission effacée
Nº 65 — Opération Neptune
Nº 66 — Les germes du chaos
Nº 67 — Les veilleurs de Poséidon
Nº 68 — Le Maître du temps
Nº 69 — Manipulation Psi
Nº 70 — Les Krolls de Vorlna
Nº 71 — La stase achronique
Nº 72 — Oniria
Nº 73 — La lumière de Thot
Nº 74 — Les yeux de l'épouvante
Nº 75 — La clé du Mandala
Nº 76 — Hiéroush la panète promise
Nº 77 — Le rayon du cube
Nº 78 — Les sphères de Rapa-Nui
Nº 79 — La caverne du futur
Nº 80 — Projet King
Nº 81 — Trafic interstellaire
Nº 82 — L'arche du temps
Nº 83 — Les fils du Serpent
Nº 84 — Le pionnier de l'atome
Nº 85 — Échec aux Végans
Nº 86 — Spoutnik VII a disparu
Nº 87 — Magie rouge
Nº 88 — Les Rebelles de N'Harangho
Nº 89 — Le serpent Dieu de Jocklum-N'Ghar
Nº 90 — Le Poison de Thogar'Min
Nº 91 — Les Maudits d'Hertzvane
Nº 92 — Les Albinos de Sulifüss
Nº 93 — Les naufragés du temps
Nº 94 — Captifs de la Main Rouge
Nº 95 — Échec au destin
Nº 96 — La Force noire
Nº 97 — Les Magiciens des mondes oubliés
Nº 98 — La Terreur venue du néant
Nº 99 — L'Ombre du Dragon Rouge
Nº 100 — Le Maître de la Main Rouge
Nº 101 — Narkoum · finances rouges
Nº 102 — Les Brumes de Joklun-N'Ghar
Nº 103 — Les Voleurs de Dieux
Nº 104 — Plan d'extermination
Nº 105 — Flammes sur Batoog
Nº 106 — Au cœur de Kenndor
Nº 107 — Réseau Alpha
Nº 108 — La fin de Gondwana
Nº 109 — L'héritage de Noé
Nº 110 — Embuscade sur Eileena
Nº 111 — L'offensive des Frotegs
Nº 112 — Les sentiers invisibles
Nº 113 — L'alliance des invincibles
Nº 114 — L'empire des ténèbres
Nº 115 — La planète sans nom
Nº 116 — Le piège du Val Maudit
Nº 117 — Panique sur Wondlak
Nº 118 — Les brumes de l'effroi
Nº 119 — Les prisonniers de Bangor
Nº 120 — Ankou : La vengance d'Ys
Nº 121 — Conjuration sur Joklun-N'Ghar

science fic

SF

JIMMY G

Grand Prix du Roman Scienc
Prix du Roman Esotériq
Grand Prix du Roman S.F. Clau
Prix du Roman à succè
(Catégorie Science-Fic
Oscar de France de la Littératu

ENEZ BE
LE RÉVEIL DE G

En collaboration
avec Arnaud DALR

VAUVENARGUES

PROLOGUE

— Stéphane Lefart !

Le ton était comminatoire. Il hésitait pourtant entre l'interpellation brutale et la question susurrée. C'était loin, très loin. Mais en même temps c'était tout près. À l'intérieur du crâne. Le jeune homme fit une grimace. La tête lui faisait mal, mais il éprouvait davantage une sensation d'agacement intolérable que de douleur.

— Lefart ! Debout !

La voix était plus proche à présent, plus forte aussi et plus nette. Simultanément plus brutale, plus impérieuse. Stéphane Lefart éprouva un vague vertige, alors qu'un petit coup secouait son épaule. Du moins eut-il la conscience qu'on lui frappait l'épaule ; car, physiquement, il ne ressentait rien.

Péniblement, il ouvrit des paupières pesantes. La pièce était faiblement éclairée par des torches. Il cligna des yeux pour dissiper le picotement et les plissa. Mais la première chose qu'il réalisa véritablement fut l'entravement de ses poignets, liés jusqu'au sang dans son dos par une corde épaisse et tranchante. Dans une semi-pénombre à peine troublée par quelques vacillements de torches, ses yeux embués saisirent des silhouettes sombres, une longue table, des écus « emblasonnés » suspendus étincelants à la lueur des flammes. Une fumée évanescente flottait comme un brouillard subtil. On aurait dit une vapeur d'encens, mais son odorat ne percevait rien. Au travers de la nuée, les murs de la salle obscure paraissaient suinter d'humidité.

Stéphane Lefart frissonna, comme s'il sentait le froid au plus profond de ses os. Mais il se prit à constater qu'une fois de plus, son esprit seul réagissait. Ses sens tactiles et olfactifs semblaient anesthésiés. Seul son cerveau captait la douleur de la corde, le froid des parois, la probable odeur d'encens, un étrange engourdissement... La vue, l'ouïe et, probablement, la parole étaient eux en parfait état de marche.

— Debout !

Cette fois, l'injonction ne souffrait pas de délai. Stéphane Lefart regarda l'homme en noir à ses côtés : un dominicain martial, dont la soutane de bure était serrée par une large ceinture de cuir. Le jeune père jésuite s'arracha de son tabouret.

Sur la gauche, dans la pénombre embrumée, le grincement de gonds pivotant trahit la présence d'une porte dissimulée. Dans la paroi sombre, un espace rectangulaire parut devenir encore plus noir. Précédés d'un moine portant un chandelier à trois grands cierges, un trio silencieux de pères en soutanes sombres, la capuche relevée sur le crâne, fit son apparition dans un froissement de tissu. Sans un regard vers le jeune homme, ils se dirigèrent vers la longue table recouverte d'un drap noir sur lequel on apercevait le motif d'un dragon rouge. La marche du petit groupe était fermée par un autre moine porteur d'un chandelier. Les candélabres furent posés à chaque extrémité de cette sorte d'autel, tandis que les deux assistants demeuraient chacun à un bout du plateau. Les trois pères encapuchonnés s'installèrent derrière la table, les bras croisés, les mains enfoncées dans les manches opposées de la soutane.

Un nouveau moine fit son apparition par la porte dans le mur. Il vint disposer un épais volume sur un lutrin de bois et différents parchemins devant les trois religieux. Puis il revint se placer debout à côté du pupitre. L'atmosphère était lourde. Noire. Noire comme la pièce, noire comme les soutanes, noire comme des corbeaux, noire comme les tentures recouvrant certains murs et la table, noire comme les pensées de Stéphane Lefart en cet instant.

Ce dernier tourna la tête vers la droite et aperçut deux hommes torses nus, la tête recouverte de cagoules rouges percées de deux trous pour les yeux. L'un d'eux activait un feu rougeoyant. L'autre se tenait droit près de divers appareils de tortures, dont la destination — bien qu'encore floue pour le jeune prêtre — ne manquait pas d'être effrayante. La scène aurait pu lui sembler caricaturale, si elle n'était pas si cauchemaresque et s'il n'en jouait pas le premier rôle. Dans quelle folie était-il tombé ? Comment avait-il pu se retrouver là ? Il ne parvenait pas à restituer le fil des événements récents, comme si la vapeur d'encens, imperceptible pour son nez, lui engourdissait l'esprit.

Sur sa gauche et derrière lui, le jésuite découvrit une rangée de moines à la figure sévère qui s'étaient levés de leur banc à l'entrée des nouveaux venus. Le jeune homme revint vers la longue table.

D'un même mouvement, les trois religieux supérieurs découvrirent leur chef.

À nouveau, Lefart tenta de s'humecter l'intérieur des paupières en clignant des yeux. Mais ses glandes lacrymales quasi sèches ne lui procurèrent qu'un faible apaisement. Une seconde fois, le jésuite cligna des yeux. Pourtant ses pupilles brûlantes lui renvoyaient, sans conteste possible une image familière : dans le religieux de droite, le jeune homme venait de reconnaître son frère en religion, son collègue, son ami le père jésuite Jean-Philippe Labeille. Il ne l'avait pas revu depuis les aventures ariégeoises, qui lui avait fait croiser la route des Chevaliers de Lumière, quelques cinq mois plus tôt[1]. Que faisait-il ici, en telle sinistre compagnie ?

Plus étrange encore peut-être : l'homme au centre, celui qui semblait le maître de cette assemblée — de cette cour de justice — avait les traits du Grand Inquisiteur Bernardo Gui, suprême pourfen-

---

1. Cf. SF Jimmy Guieu, n° 118, *Les Brumes de l'Effroi.*

deur devant l'Éternel de Cathares et autres prétendus hérétiques, pourvoyeur admirable de bûchers et semblables supplices. Enfin — et c'était cela le plus curieux de l'affaire, réalisa le jeune jésuite —, le religieux derrière la table n'avait pas tant la physionomie du Grand Inquisiteur que celle de Frank Murray Abraham interprétant Bernardo Gui dans *Le Nom de la rose*, de Jean-Jacques Annaud[1]. Mais n'était-ce pas là l'archétype même de l'inquisiteur dans les pires cauchemars de l'inconscient collectif ?

Quant au dernier religieux, Lefart ne le connaissait pas.

« Bernardo Gui » leva la main droite, paume vers l'assemblée.

— *In nomine Patris, et Filii, et Spiritus Sancti.*

Les hommes présents se signèrent. Le garde dominicain près du prisonnier lui administra un coup de coude. Toujours entravé, Lefart fit mine de ne pas comprendre. Après tout, s'ils voulaient qu'il fasse le signe de croix, ils n'avaient qu'à le détacher...

— *Pater noster, qui es in cælis...*

Sous la conduite du Grand Inquisiteur, tous se mirent à réciter le Notre-Père en latin.

— Vous aggravez votre cas, Stéphane Lefart, vitupéra enfin le chef des religieux en tendant un doigt terrible vers le jeune homme qui était resté muet. Frère Grambert, procédez à la lecture.

1. Adapté du roman d'Umberto Eco.

Dans un ample mouvement de manche, « Bernardo Gui » invita les religieux à s'asseoir. Le prisonnier voulut en faire autant, mais un nouveau coup de coude l'en dissuada et il demeura debout.

Le moine devant le lutrin entama une fastidieuse et monocorde lecture retraçant le curriculum du jeune homme, de ses études chez les jésuites à son engagement dans la Compagnie de Jésus — « pour de fallacieux prétextes », précisa le frère Grambert — puisque tel était le nom de cet avatar du père Labeille —, car c'était après avoir vu une version romancée et erronée des jésuites dans le film *Mission* que le jeune Lefart avait décidé de sa vocation.

À chaque extrémité de la table des inquisiteurs — car c'était bien là la fonction qu'il fallait leur attribuer, au-delà de la simple apparence —, les moines greffiers grattaient leur parchemin avec de superbes plumes d'oie crissantes. Dire qu'à l'époque d'Internet, des autoroutes de l'information, des cartes à puce et des robots Pathfinder partant à la découverte de Mars — se surprit à penser Stéphane Lefart —, il existe encore des services officiels pour procéder de manières aussi archaïques, anachroniques !

Le lecteur poursuivit son portrait du jeune homme. Il ne passa rien de ses appétences « démoniaques » pour l'ésotérisme, le folklore et le surnaturel. Ces inclinations honteuses — « notez bien, coupa "Bernardo Gui" aux greffiers. Notez bien ! » — lui avaient coûté sa place au comité de rédaction de la revue *Études*, la publication doctrinale de la Compagnie de Jésus.

Épuisé, l'accusé laissait errer ses yeux sur les murs, étudiant les blasons suspendus où se retrouvait peu d'héraldisme religieux, dévisageant les moines assis sur les bancs de chaque côté de la salle. Ceux-là paraissaient aussi tristes que pénétrés de gravité, comme de bons grands-pères tançant les désordres d'un petit-fils agité.

La voix monocorde poursuivait son récit. Alors qu'il évoquait la nomination du jeune jésuite dans l'un des services de la Congrégation pour la doctrine de la foi — jadis plus simplement nommée « Sainte Inquisition » —, celui-ci ne put résister à faire remarquer :

— Finalement, mon hétérodoxie ne gênait pas tant que cela pour que l'on m'intègre dans le Saint des Saints de l'orthodoxie doctrinale.

Fulminant, le Grand Inquisiteur se dressa de toute sa hauteur et abattit un poing rageur sur la table. Les flammes des cierges vacillèrent.

— Ne provoque pas la colère du Tout-Puissant, Stéphane Lefart. Sa fureur est déjà bien assez grande et tu vas bientôt sentir le souffle de sa justice... et de sa bonté rédemptrice. Et ne compte pas sur tes pseudo-chevaliers de comédie pour venir te libérer. Avec l'aide de Philippe IV dit le Bel, nous avons écrasé hier ce prétendu groupe félon qui se prévalait de la splendide tutelle du Temple sacré.

« Bernardo Gui » avait pressé son poing droit dans sa paume gauche en serrant les lèvres, avant de continuer.

— Nous broierons tous ceux qui oseront revendiquer son héritage. Nous éradiquerons ces Chevaliers de Lumière (un accent de dédain étrangla la voix du religieux) qui prétendent à une domination... cosmique.

L'inquisiteur se laissa retomber sur son siège, comme une poupée de chiffe abattue, un poing posé sur la table. Durant quelques secondes, un lourd silence envahit la salle. Puis, d'un geste de la main, « Bernardo Gui » invita le lecteur à reprendre.

Lefart commençait à bien saisir où ses juges voulaient en venir. La hiérarchie catholique avait longtemps supporté les libertés qu'il prenait avec la doctrine et la Règle ; manifestement, elle n'acceptait plus ses contacts avec ses amis les Chevaliers de Lumière, pourtant tout dévoués à la cause du Bien et de la Justice. Une question fusa instantanément dans l'esprit du jeune homme : l'Église voyait-elle l'Ordre cosmique comme des concurrents occupant la même plate-bande... ou comme des antithèses ? Avant de répondre à cette interrogation, il se redemanda une nouvelle fois comment il en était arrivé là. Il n'avait pas le moindre soupçon de commencement de souvenir des derniers événements. Comment avait-il été arrêté ? Par qui ? Où ? Les questions demeuraient sans réponse et s'entrechoquaient dans sa tête effroyablement douloureuse.

Le moine lecteur exposaient à cet instant les épisodes ariégeois. La précision des détails désignait sans erreur l'informateur.

Le prisonnier regarda son camarade — celui qu'il aurait désigné sans hésitation comme son ami fidèle —, le père Labeille. Celui-ci soutint son regard avec autorité. Lefart plissa les yeux et continua de fixer son coréligionaire, aumônier à l'école supérieure Sainte-Geneviève de Versailles. Un petit rictus vint déformer la commissure de la lèvre du prêtre de la Compagnie de Jésus... Qui finit par baisser les yeux, incapable de soutenir la fixité du regard de l'ami qu'il avait trahi.

De la part des inquisiteurs, les aventures pyrénéennes donnèrent lieu à peu de questions, mais à nombre d'accusations, de condamnations, d'éructations. Stéphane Lefart observait toute cette agitation avec quelque distance, comme si, par instants, il sortait du champ pour n'être plus qu'un témoin passif. Mais le dominicain tourna les pages de son lourd volume pour abandonner les hautes cimes pyrénéennes et gagner les hauteurs plus modestes — mais non moins chargées d'histoires et légendes — du massif armoricain.

— Nous avons toutes les preuves de ta trahison, de ton pacte avec le Malin, Stéphane Lefart, s'écria le troisième inquisiteur, inconnu du jeune jésuite entravé.

À cet instant, un subtil souffle de vent s'engouffra dans la pièce. Les torches dansèrent, tourbillonnèrent, crépitèrent... Puis une ultime brise coucha les flammes, la salle se retrouva plongée dans une opacité impénétrable et, durant quelques infimes fractions de seconde, les ténèbres s'installèrent.

Puis, un rai lumineux vint frapper le mur au-dessus des bourreaux astiquant leurs instruments de travail. Tous les regards se tournèrent dans cette direction où un drap blanc était descendu le long de la paroi. Un film commença à se dérouler. Avec stupéfaction, Stéphane se revit, un peu plus d'un mois plus tôt, sur la plage de Lost Marc'h, en presqu'île de Crozon. Dans le coin supérieur droit, des caractères lumineux indiquaient : 30.04.... 10.33.19; 20; 21 ; 22...

Ce 30 avril... si proche et en même temps si lointain ! Tant de choses s'étaient déroulées [1]. Le jésuite se voyait là, sur l'écran, en compagnie de ses amis Gilles Novak, journaliste, et directeur de la revue *LEM* [2], et sa compagne, la photographe Régine Véran, dont la beauté blonde s'affichait encore plus superbement ici dans sa nudité originelle — à Lost Marc'h, plage où le nudisme est toléré, Gilles Novak et Régine Véran, vieux et ardents adeptes du naturisme, abandonnaient leur corps à la douce caresse du soleil. Des cris d'orfraie s'élevèrent des rangs des moines devant cette vision effroyable. Un vent de panique agita la congrégation. Des religieux se levèrent.

D'un geste, « Bernardo Gui » demanda à l'opérateur invisible d'accélérer la bande :

— Le plus intéressant viendra plus loin. Je

---

1. Le récit qui va suivre retrace les événements survenus dans SF Jimmy Guieu, n° 120, *Ankou : la vengeance d'Ys.*

2. *L'Étrange et le Mystérieux dans le monde... et ailleurs.*

demande simplement à mes frères de noter le caractère débauché des comparses du père Lefart. Voyez avec quels monstres de libertinage et d'amoralité il s'affiche.

Le défilement du film accéléra. Le jésuite se demanda comment cette bande avait pu être tournée, sous cet angle qui plus est. Il était impossible que le cameraman n'ait pu être repéré.

Avec quelque plaisir et même quelque fierté mêlée — il faut l'avouer — d'une certaine inquiétude, voire d'un certain malaise, le jeune homme révecut les événements du mois passé dans lesquels il avait été impliqué avec ses amis Chevaliers de Lumière : l'enlèvement de Richard Ville devant la crêperie *Le Galion* à Morgat ; la recherche vaine de la planque des kidnappeurs du côté de Roscanvel ; la cérémonie « druidique » autour du dolmen de Rostudel, pendant la nuit de Beltaine — la nuit des Sabbats de sorcières des légendes germaniques —, puis l'attaque de créatures bestiales et géantes contre les officiants ; l'intervention décisive et salvatrice du vieux Alexis Le Coz et de sa fille Cornaline...

Ah, Cornaline ! Une vive émotion s'empara du jésuite à la vue de la jeune femme dont il était tombé éperdument amoureux et qui devait accélérer sa décision de quitter les ordres. Où était-elle, en cet instant ? Dans l'incapacité où il était à se remémorer les derniers soubresauts de ses aventures, il espérait vivement qu'il ne lui soit rien arrivé. Il eut quelques peines pour déglutir, avant de se reconcentrer sur le film. Après la farouche agression de Rostudel, Stéphane, Gilles, Régine et les Le Coz s'étaient restaurés dans le penti[1] de ces derniers à Montourgar. Le jeune homme avait encore au fond de la gorge le goût du champagne Taittinger Comtes de Champagne qui lui avait été servi alors que ses yeux « dégustaient à petites lampées » la superbe silhouette de Cornaline.

Dès le lendemain, le jésuite, sur le commandement de sa hiérarchie, avait dû se rendre à l'abbaye de Landévennec pour se placer sous les ordres du sombre père Le Du — le bien nommé[2] — antenne locale de la Congrégation pour la doctrine de la foi. Au gré de la projection, Stéphane finissait parfois par oublier l'incroyable précision des prises de vues. Chaque fois qu'il y pensait, il sentait un frisson d'adrénaline lui parcourir l'échine et une sorte de couronne lui picoter désagréablement la boîte crânienne. Comment avait-il pu le suivre ainsi pas à pas, dans ses moindres faits et gestes, sans qu'il repère l'homme qui le filait ? La question revenait lancinante, angoissante.

À Landévennec, le père Le Du, en bon religieux hétérodoxe qu'il était, travaillait d'arrache-pied sur des dossiers relatifs à sa zone de compétence : les nouveaux mouvements religieux. En particulier, il devait d'urgence étudier la question d'un groupe local, simplement baptisé : « Ys ». Ses membres se

1. Petite maison bretonne.
2. En breton, Le Du signifie Le Noir.

prétendaient les descendants et les héritiers de l'ancienne population de la légendaire cité engloutie. Ce groupe aurait sommeillé pendant des siècles. Mais différents événements auraient précipité son réveil. Cette résurgence de l'un des plus actifs foyers païens de l'antiquité ne manquait pas d'inquiéter ces défenseurs de l'orthodoxie catholique qu'étaient les membres de la Congrégation pour la doctrine de la foi. Dans les documents mis à sa disposition, Lefart avait été fasciné par le thème astrologique d'un énigmatique Gémeaux qui, selon les moines — et particulièrement l'un d'eux versé dans la connaissance des astres —, aurait été une sorte de *tulkou* celtique, la réincarnation d'un prophète susceptible de conduire son peuple vers la « Grande Libération ». L'identité de cette personne n'avait pu être éclaircie. Mais les religieux cherchaient. C'était même leur objectif primordial. Même s'ils poursuivaient parallèlement quantité d'autres actions plus ponctuelles. À commencer par l'« infernale » opération Ankou.

Mais le film n'en était pas là. Stéphane vit le géomancien-analyste Alain le Kern — autre distingué Chevalier de Lumière — surgir dans son bureau. Il venait l'aviser d'étranges poursuites engagées par les autorités contre Gilles Novak dont la compagne, Régine Véran, venait de disparaître, enlevée par de mystérieuses et monstrueuses créatures. Ce dernier devait se cacher. Il attendait sur le parking de l'abbaye. Quelques minutes plus tard — mais quelques secondes à peine de défilement rapide de la bande —, le jésuite et le journaliste se retrouvaient.

Le religieux allait ensuite ramener son camarade dans son bureau, sous l'œil peu conciliant de la photo du pape Jean-Paul II, et de celui, guère plus amène, du cardinal Ratzinger, tête de la Congrégation pour la doctrine de la foi. Là, il allait révéler au journaliste stupéfait le contenu de deux boîtes d'archives étiquetées « Ys » et lui exposer la situation qu'il venait de découvrir : la croisade contre la communauté païenne, l'existence du mystérieux Gémeaux réincarné, ainsi que les signes distinctifs qu'avaient adoptés les membres d'Ys — un corbeau rouge stylisé tatoué au bas des lombaires — et le groupe de fanatiques qui entouraient le père Le Du — un tatouage sous l'aisselle gauche, représentant une sorte de triangle renversé, évoquant une tête de bouc.

Des cris d'ahurissement, puis de colère, montèrent des rangs des spectateurs.

— Voyez la traîtrise de ce félon ! rugit la voix de « Bernardo Gui ». Il livre nos secrets à l'un de ces démons, à l'un des pires d'entre eux.

La tempête de vitupérations redoubla. Mais l'inquisiteur les fit taire pour reprendre au plus vite le visionnage. Au fond de lui, Stéphane Lefart ne ressentait pas le moindre regret. Au contraire.

Dans la scène suivante, le jeune religieux était convoqué dans le bureau de Le Du. Là, le moine lui donnait l'ordre de se rendre à Kergonan, un hameau au sud de la presqu'île de Crozon, pour aller porter un pli à un certain Jean René, chef de tous les demi-soldes et autres barbouzes, impliqués dans les opérations de basses œuvres contre les membres de la communauté d'Ys. Mais dans le bureau de son chef, Lefart avait reconnu l'un des kidnappeurs de Richard Ville. Revenant en hâte auprès de Gilles Novak, les deux amis allaient décider de suivre l'inconnu, peut-être lié également à l'enlèvement de Régine... et donc de renoncer à exécuter l'ordre de Le Du de porter la missive à Kergonan, ce qui provoqua une nouvelle tempête de protestations dans la salle.

Une course-poursuite allait s'engager sur les petites routes de la Presqu'île avec, pour terminus, l'île des Capucins, près de Roscanvel. La voiture qu'ils avaient pris en chasse devait s'engouffrer à l'intérieur de bâtiments dissimulés dans les ruines d'anciennes fortifications. Au moment d'y pénétrer à leur tour, ils virent déboucher une nouvelle voiture avec, à son bord, le père Le Du. Gilles et Stéphane s'étaient élancés pour pénétrer dans l'ouverture basculante juste derrière le véhicule, mais des militaires avaient surgi, armes automatiques au poing.

Des alliés inopinés devaient alors intervenir et soutenir les deux amis : les nationalistes bretons du Groupe de Combat 7-août-1932 de la Brigade Lainé sous le commandement de leur chef Tristan Penguer. Ensemble, ils allaient donner l'assaut de la base secrète de l'île des Capucins, abritant l'effroyable Projet Ankou. Sous l'île — en fait une sorte de gros rocher occupé par des fortifications aujourd'hui en ruines et relié à la terre par un pont —, ils allaient découvrir une installation souterraine ultra-moderne et des étages de laboratoires, de salles d'archives et de lieux de vie-prison. Des centaines d'individus vivaient là, sans avoir vu la lumière du jour depuis des années, sous la garde de militaires aux ordres d'une étrange hiérarchie de religieux. Les « cobayes » — enlevés dans la Presqu'île, principalement au sein de la communauté d'Ys, repérables grâce à des caractéristiques physiques — servaient pour différentes expériences dont l'intérêt scientifique et médical était plus que douteux. Pour mener à bien leurs entreprises ignobles, Le Du et ses comparses avaient donc dévoyé des officiers de l'armée française. Depuis des siècles, la presqu'île de Crozon était un site militaire de premier rang, protégeant l'accès à la rade de Brest, à son port et à ses installations marines. Les gradés séditieux entraînaient dans leur félonie d'honnêtes soldats d'élite, obéissant aux ordres de leurs supérieurs sans connaissance des finalités — et *a fortiori* sans conscience du Projet Ankou[1].

1. Ainsi en était-il des hommes — notamment des nageurs de combat — du prestigieux 11ᵉ RPC, basé à Quelern, dans la presqu'île de Roscanvel, non loin de l'île des Capucins et de ses installations. Nul doute qu'en toute connaissance de cause, nombre des soldats d'élite du 11ᵉ Choc — qui perdit deux hommes en délivrant les gendarmes prisonniers dans la grotte d'Ouvéa (Nouvelle-Calédonie), en 1988 — se seraient retrouvés du côté des Chevaliers de Lumière, et non du côté des forces de l'ombre de Le Du et de ses acolytes.

Dans les bas-fonds de la base secrète des Capucins, les Chevaliers de Lumière avaient fini par déboucher sur une immense salle gothique aux plafonds élevés. Les murs étaient tendus de draperies noires et rouges recouvertes de symboles cabalistiques et autres ornements de l'imagerie typique des magiciens noirs. Sur une chaise électrique était assise Régine nue, entourée de quatre religieux, dont Le Du.

Stéphane Lefart revivait cette scène avec une grande intensité et une vive émotion. Car Gille Novak et ses compagnons avaient bien cru perdre leur amie, lorsque Le Du avait actionné la commande du fauteuil mortel. Le jeune jésuite revit Régine se raidir, redresser la tête, avant de laisser son menton retomber sur sa poitrine. Son forfait accompli, le moine avait profité de la confusion qui s'en était suivie pour s'éclipser. Ses trois comparses, eux, allaient tomber sous les rafales des armes de Tristan Penguer et de ses militants... pour la plus grande fureur de Gilles Novak qui aurait bien voulu faire parler les moines.

— Tu vas devoir répondre de la disparition de notre frère Le Du, gronda dans l'ombre « Bernardo Gui ».

Stéphane Lefart tourna la tête dans la direction de la voix. Que pourrait-il bien lui apprendre ? Il n'avait aucune idée de la destination du moine, et qui plus est, il aurait bien voulu le retrouver pour lui poser quelques questions... et pire, si absence d'affinités, ce dont il était convaincu.

De nouveau, l'opérateur accéléra la bande. Puis la lecture normale reprit. Stéphane Lefart finit par reconnaître le village fantôme de Men Coz, à proximité du cap de la Chèvre, avec ses ruines envahies de végétation. Il faisait nuit. Avec lui, il y avait là Cornaline, Gilles Novak, Alain le Kern et l'hypnotiseur Daniel Huguet, autre éminent Chevalier de Lumière. Le jésuite mit quelques instants avant de comprendre ce qui se passait. Il n'avait point souvenance d'avoir vécu de telles scènes. Par moments, il lui semblait que l'un ou l'autre des présents s'adressaient à des personnes invisibles. Et soudain, il comprit. Ce village fantôme était une porte vers une autre dimension où les initiés d'Ys se réfugiaient. Ce qu'ils regardaient alors sur l'écran, c'était une entrevue des Chevaliers de Lumière avec les membres de la communauté d'Ys et leur chef spirituel, le grand druide Caer-Lyon — qui assumait également la fonction de chef temporel en l'absence du roi Gradlon et dans l'attente du retour de ce dernier, disparu depuis des siècles[1]. Mais les hommes et les femmes d'Ys étaient invisibles... En tout cas, la bande magnétique ne les avaient pas enregistrés. Et l'ancien village de douaniers lui-même qui, dans le souvenir de Stéphane

---

1. La légende certifie en effet qu'il repose quelque part et qu'un jour, tel le roi Arthur ou l'empereur Frédéric, il se réveillera pour libérer son peuple et sa ville engloutie.

Lefart, était parfaitement intact, n'était ici que la ruine que les familiers de la presqu'île de Crozon connaissent.

Les images défilèrent, montrant les cinq amis qui pénétraient dans un bâtiment et descendaient un escalier pour déboucher dans un long boyau qui disparaissait dans les profondeurs de la terre. Des petits wagonnets attendaient là. Le petit groupe s'y installa et le train s'ébranla. À mesure que le convoi filait, des formes commençaient à se matérialiser sur l'écran aux différentes places des voitures : les hommes d'Ys passaient dans notre dimension...

Quelques minutes plus tard, c'est une troupe de près de deux cents individus qui parvenait sur la falaise au-dessus du « Château » de Dinan — promontoire rocheux s'avançant dans la mer réputé depuis des siècles comme le refuge de géants et de leurs trésors. L'assaut allait être donné. Le rocher était bel et bien l'antre des créatures bestiales qui avaient attaqué les membres de la communauté d'Ys près du dolmen de Rostudel.

Dans la nuit étoilée du ciel armoricain, l'engagement fut sauvage — à la mesure des adversaires monstrueux, auxquels s'étaient joints de tous petits êtres, d'une taille dépassant à peine quarante ou cinquante centimètres. Le théâtre de l'affrontement était à peine éclairé par les lueurs parvenant de l'intérieur de la roche, lorsque celle-ci s'était entrouverte pour laisser le passage aux créatures ténébreuses. Mètre après mètre, les Chevaliers de

Lumière et leurs alliés d'Ys gagnaient du terrain et repoussaient les monstres vers l'intérieur du rocher. Avec dégoût, Stéphane Lefart fut de nouveau témoin de la sournoise agression contre Cornaline : deux monstres s'étaient rués sur la jeune fille et lui avaient arraché ses vêtements avec la manifeste intention de lui faire subir les derniers outrages. Le jésuite serra les poings et les mâchoires alors qu'il se voyait à l'écran voler au secours de sa belle.

Enfin, le Château de Dinan fut aux Chevaliers de Lumière. Les géants nageaient dans leur sang. Les petits êtres avaient mystérieusement disparu. Dans les anfractuosités et autres cavités naturelles du rocher, les vainqueurs découvrirent un immense trésor. Toute sorte d'objets, d'artefacts, de vestiges qui avaient soi-disant disparu au cours du temps : des baphomets, des cadavres de géants momifiés, des débris d'OVNI, des sarcophages portant la mention Gisors 1963... Autant de preuves que l'on voulait dissimuler à la connaissance du public. Les preuves du mensonge organisé !

Mais alors la terre s'était mise à trembler et ses entrailles avaient englouti ces trésors, une nouvelle fois subtilisés et dérobés à la connaissance de tous ceux qui avaient le droit de savoir, autrement dit le monde entier. Cornaline avait juste eu le temps de mettre la main sur une splendide croix en... cornaline.

Les plans suivants montaient les Chevaliers de Lumière et Cornaline rassemblés autour du dolmen de Rostudel. Sur l'écran, on ne voyait que les quatre amis, réunis, en compagnie de Cornaline et de quatre jeunes scouts qui avaient suivi une partie de leur aventure. Régine était allongée, inerte sur la pierre du dolmen, au pied d'un grand poteau mystérieusement dressé dans la nuit. À ses côtés, assis en tailleur, Gilles, dont la main gauche serrait celle de sa femme, avait posé la main droite sur la croix de Cornaline que portait Régine au niveau du plexus solaire. « Bernardo Gui » fit encore une fois accélérer la bande, en décrétant qu'il n'y avait là rien d'intéressant. Sur l'écran, pourtant, l'image restait fixe.

— Je vous ai dit de passer en défilement rapide ! rugit l'inquisiteur.

— Mais c'est ce que je fais, rétorqua piteusement une voix. Je suis au maximum de la vitesse et je vois bien le compteur avancer.

Mais rien ne paraissait bouger. Stéphane Lefart se souvenait parfaitement de la scène. Car c'est au cours de cette cérémonie très émouvante, à laquelle participaient en outre, bien qu'invisibles à l'écran, les membres de la communauté d'Ys, leur chef Caer-Lyon, et neuf prêtresses officiant autour du mégalithe, que Gilles avait ramené Régine de la porte du royaume des morts au monde des vivants. Évidemment, aucun esprit profane et, qui plus est, hostile à toute forme de spiritualité ésotérique ne pouvait accéder à de telles images. Aussi ni les inquisiteurs, ni les moines ne purent voir et, *a fortiori*, comprendre par quel « sortilège » le journaliste avait réussi à sortir sa compagne du domaine des ombres.

— Magie noire! Magie noire! Satan! s'écrièrent avec effroi les moines, spectateurs de ce miracle, lorsque sur l'écran la jeune femme s'était ranimée.

La dernière séquence se déroulait dans le penti des Le Coz, où toute la troupe s'était réunie autour de bonnes bouteilles de Taittinger Brut Réserve, pour fêter la « résurrection » de Régine. Seule l'absence du vieux Le Coz, disparu depuis plus de vingt-quatre heures, gâchait quelque peu les réjouissances. À nouveau, un concert de protestations et de cris d'horreur s'éleva dans le rang des moines lorsqu'ils entendiront l'enregistrement des propos échangés ce matin-là entre Cornaline et leur prisonnier. Par quelle aberration sacrilège, ce dernier pouvait-il renier son engagement et ses vœux religieux pour déclarer sa flamme à une telle impie[1] ?

L'écran s'éteignit. Aussitôt, comme par magie, toutes les flammes des torches et des cierges se rallumèrent. Les regards se retournèrent vers la longue table. Il y eut de longues secondes de silence oppressantes. « Bernardo Gui » avait les mains jointes et posées sur une liasse de documents. Le visage impénétrable, il fixait le détenu comme s'il voulait en sonder l'esprit. Lefart voyait les secondes s'écouler comme des heures. Il savait que l'on allait à présent entrer dans le vif du sujet et que

1. Les événements relatés dans SF Jimmy Guieu n° 120, *Ankou : la vengeance d'Ys*, s'arrêtent ici.

les choses vraiment sérieuses allaient commencer. Sans tourner la tête, le Grand Inquisiteur fit glisser la liasse de documents vers le père Labeille. Celui-ci les regarda, les manipula, l'air de chercher ce qu'il devait en faire. Toujours sans bouger le moindre muscle de son visage ou de son cou et sans quitter des yeux le jeune accusé, « Bernardo Gui » tendit son bras vers la gauche et appliqua un doigt long et décharné sur une feuille en particulier.

Jean-Philippe Labeille ramassa la feuille et regarda le maître des cérémonies.

— Lisez ! intima ce dernier.

Le jésuite approcha la feuille du candélabre le plus proche.

— « Qu'était devenu Alexis Le Coz ? Où était passé le père Le Du ? Quels secrets réunissaient ces deux hommes à Caer-Lyon ? Les hommes d'Ys allaient-ils retrouver leur roi Gradlon pour faire renaître leur ville ? D'où venait le vaisseau spatial qui s'était écrasé sur la grève du Château de Dinan ? Qui était ce fameux réincarné que les moines du père Le Du voulaient débusquer ? Quelle était la source et l'ampleur des étranges pouvoirs de Cornaline ? »

Le père Labeille cessa sa lecture et tourna de nouveau le regard vers l'Inquisiteur. Ce dernier esquissa un sardonique sourire :

— Savez-vous d'où sortent ces questions ? demanda-t-il.

Stéphane Lefart arbora un air d'ignorance, ce qui eut pour effet d'accroître la gaieté mauvaise du dominicain :

— De l'ordinateur de votre ami Novak ! Internet a du bon. Rien de tel pour aller à la pêche aux informations. Ah ah ah...

Son rire sinistre ricocha sur les voûtes de la salle sombre. Mais toute trace de sourire disparut très vite de son visage qui retrouva son masque sévère et haineux :

— Maintenant, il va vous falloir répondre à toutes ces questions, ajouta-t-il d'une voix hargneuse.

— Quelles questions ? interrogea le jeune homme.

— Mais celles que je viens de lire, Stéphane, répondit, déconcerté, le père Labeille en agitant la feuille.

« Bernardo Gui » lui adressa un regard réfrigérant que surprit le père Lefart. Ce dernier en fut presque affecté pour son ancien compagnon. Des comptes allaient se régler après le procès. Mais cet élan spontané, cette façon de l'appeler « Stéphane », trahissaient-ils une sympathie, un reste de complicité, de la part du jésuite ?

— Si Gilles Novak est incapable d'y répondre, comment voulez-vous que je le fasse, répondit le jeune homme.

— C'est ce que nous allons voir, tempêta l'inquisiteur. Mais ne nous prenez pas pour des idiots : ce n'est pas parce qu'il ne pouvait y répondre hier, que vous ne disposez pas d'informations ou d'indices aujourd'hui.

Lefart afficha une moue de dédain, tandis que

« Bernardo Gui » glissait quelque chose à l'oreille du troisième inquisiteur.

— Procédons, intervint celui-ci. Accusé, déclinez votre identité et qualités.

À ce dernier mot, le grand inquisiteur pivota vivement la tête, ses yeux jetant des éclairs — donnant un probable aperçu des flammes de l'enfer à son subordonné s'il ne rectifiait pas séance tenante sa... légèreté syntaxique.

— Euh... votre état-civil et... autres caractéristiques...

D'un air négligent et affligé, le jeune jésuite s'exécuta, insistant bien sur son appartenance à la Compagnie de Jésus et à la Congrégation pour la doctrine de la foi. Lorsqu'il eut ostensiblement terminé, le Grand Inquisiteur se redressa de toute sa hauteur, comme mû par un ressort et agita vers l'accusé un doigt rageur :

— Tu oublies de mentionner « Chevalier de Lumière », car tu appartiens bien à cet ordre indigne, n'est-ce pas ?

— Faux, rétorqua l'intéressé. Et je le dis avec d'autant plus de franchise que j'éprouverais une grande fierté à en être membre.

Un fort murmure chargé d'hostilité parcourut les rangs de la congrégation.

— Silence ! Silence ! Tu avoues tes pensées coupables ! s'étrangla le dominicain.

— Oh, si c'est ça ma culpabilité... Oui, trois fois oui, je suis coupable.

Le père Labeille baissa la tête en entendant cet

aveu qui condamnait irrémédiablement son ami. « Bernardo Gui », rouge de colère, voulut dire quelque chose. Mais les paroles ne parvinrent pas jusqu'à ses lèvres et s'éteignirent derrière ses mâchoires serrées.

D'un mouvement de manche théâtral, il désigna le coin des bourreaux. Stéphane Lefart se sentit pâlir. Il se laissa retomber sur le tabouret. Le dominicain qui se tenait à son côté l'attrapa rudement par les épaules et le remit sur pieds. Deux moines au facies de brutes sortirent alors de l'ombre et saisirent le prisonnier qu'ils poussèrent brutalement vers les instruments de la « question ». Le jésuite trébucha et s'affala sur le sol. En s'appuyant sur les mains pour se redresser, il réalisa que ses poignets étaient libres, mais que ses pieds étaient nus. Il n'eut pas le temps de s'interroger à propos de ces mystères. Les deux gardes l'avaient attrapé par les aisselles et l'approchaient des bourreaux encagoulés. Lefart croyaient déjà sentir la chaleur des braises rouges dans le brasero où étaient plongés des tisonniers et autres fers. L'un des officiants activaient les charbons ardents. L'autre décrochait une chaîne sur le mur et en éprouvait la résistance en faisant claquer les maillons.

— Confesse ! Confesse ! Confesse ! hurlaient le chœur des moines.

— Confesse, ajouta une voix unique que Stéphane reconnut pour celle du père Labeille.

— Abjure ! grinça l'aboiement haineux du Grand Inquisiteur.

Le jeune jésuite aperçut des visages grimaçants se presser autour de lui. Un immense brouhaha s'était emparé de la salle. De sa main gantée de cuir, le bourreau attrapa l'une des longues barres de fer rougie sur le feu. Les deux moines qui tenaient le jésuite resserrèrent leur étreinte. Le prisonnier sentait leurs doigts maigres s'imprimer dans la chair de ses bras. Ils l'obligèrent à avancer vers le métal incandescent. Le bout rouge hypnotisait le jésuite. Il n'était plus qu'à un mètre... Cinquante centimètres... Soudain, comme si ses jambes se dérobaient sous lui, Lefart se laissa glisser sur le sol, déséquilibrant ses deux gardes qui s'effondrèrent en avant. L'un d'eux tomba droit sur le tisonnier. L'extrémité brûlante pénétra dans son crâne avec un vague grésillement, à peine perceptible au milieu des clameurs, et une odeur plus nette de chair grillée. D'un mouvement souple du bassin, le jeune jésuite se libéra des étreintes et recula au milieu des autres religieux qui s'étaient avancés. La confusion atteignit un paroxysme. La congrégation hurlait des ordres contradictoires. La salle obscure devenait un océan de voiles noires, de soutanes emmêlées, de crânes tonsurés. Dans le chaos, des prêtres en venaient aux mains. Un dominicain recula contre la table et fit vaciller l'un des chandeliers. Les cierges basculèrent et churent sur le plateau. Deux s'éteignirent instantanément. Le troisième eut le temps d'enflammer les documents étalés devant le père Labeille, provoquant un début d'incendie que celui-ci s'affaira à éteindre en hâte avec les manches de son habit.

Tirant parti du désordre, Stéphane Lefart s'était précipité vers la petite porte dissimulée dans le mur, par où les inquisiteurs étaient entrés. Mais la paroi était lisse. Il se déplaça de quelques centimètres. Aucune trace d'ouverture ! Laissant ses mains courir sur la muraille, il ne put sentir la moindre aspérité, la moindre trace de mécanisme. N'ayant pas le temps de s'interroger, il regarda derrière lui la confusion régnant dans la salle gothique à demi plongée dans l'obscurité, cherchant à repérer une issue quelconque. Debout près de la table, « Bernardo Gui », agitant les deux bras, s'époumonait. Plus personne ne lui prêtait attention. Une griffe accrocha soudain l'épaule de Stéphane. Une main... Celle du père Le Du. Sans un mot, l'index posé sur les lèvres, mais avec un clin d'œil, l'étrange religieux entraîna celui qui fut son subordonné à l'abbaye de Landévennec.

Une immense tenture noire se perdait dans la pénombre, loin de toute lueur de torche. Le Du se glissa derrière le drap sombre. Le voile s'anima légèrement alors que le moine progressait en dessous. Avant de s'y dissimuler à son tour, Stéphane Lefart aperçut sur le tissu l'effrayante tête de bouc rouge. Animée par le mouvement de la toile, elle paraissait vivante, suivant des yeux le fugitif et affichant un mauvais rictus.

La tenture masquait une petite porte dont le panneau était entrebâillé. Le jésuite la poussa et buta contre les marches d'un escalier. Il le gravit quatre à quatre et atteignit une seconde porte. À tâtons dans la pénombre, Lefart trouva un loquet qu'il souleva légèrement et l'huis s'entrouvrit.

Le fugitif déboucha en pleine lumière sur une petite éminence au pied de laquelle s'étendait une plage. Au loin face à lui, après que ses yeux se furent accoutumés à la vive clarté du soleil à son zénith, il apercevait la baie de Douarnenez. Crozon et Morgat à droite. Mais si ce décor était familier, le jésuite ne reconnaissait absolument pas l'endroit où il se trouvait. Dans son dos, la porte par laquelle il venait de s'extraire se perdait sous des frondaisons de vignes vierges et autres grimpants. Stéphane Lefart avait beau regarder autour de lui, il n'apercevait pas la moindre trace du père Le Du.

Des tapis d'ajoncs, de bruyères et de grémils s'étalaient jusqu'aux grèves. Quelques rares cumulus d'une blancheur immaculée s'étiraient paresseusement dans un ciel d'un bleu irréel. Scrutant les alentours, le regard de Stéphane s'accrocha aux évolutions majestueuses d'un grand rapace qui planait à une vingtaine de mètres. L'envergure de ses ailes lui parut si large qu'il crut identifier un aigle, si tant est qu'une telle présence ait été plausible en Presqu'île. Une légère vibration secoua le sol. Le jésuite tourna vivement la tête. Au-delà de la porte entrouverte sous les plantes grimpantes, une rumeur montait des souterrains, rythmée par le martellement rapide de semelles sur les marches de l'escalier. Le battant de l'huis commença à pivoter.

— Il est là ! entendit dans son dos le jésuite qui venait de s'élancer.

Lefart courait droit devant lui, en se laissant entraîner par la pente, sans conscience d'une destination, sans même voir de refuge où s'abriter. Tout autour n'y avait que lande, ajoncs, caillasse et le bleu du ciel épousant celui de la baie. Ses pieds nus se blessaient sur le sol inégal, les pierrailles et les panicaults, ces gros chardons fleuris. Pourtant, emporté par sa course, il ne sentait rien. Pas même le vent salé lui fouettant le visage. Derrière lui, la nuée caquetante des corbeaux se faisait plus pressante et n'allait pas tarder à le rattraper. Il suffisait d'une chausse-trappe, d'une pierre plus acérée que les autres, d'un chardon traître, d'une racine, et il retomberait entre les mains de ses bourreaux.

Un petit cri s'éleva au-dessus de la tête du jésuite. Silencieusement, une masse sombre fondit du ciel. Dans un bruissement d'ailes, le rapace frôla les cheveux du coureur. Puis, les pattes en avant, il se précipita sur le premier des poursuivants, un grand échalas à la tonsure blonde et aux petites lunettes rondes. Les binocles ne résistèrent pas à la pression des serres qui s'enfoncèrent dans les orbites du moine. Fou de douleur, le visage inondé de larmes de sang, ce dernier bascula en arrière en crochetant ses deux mains sur les pattes meurtrières pour tenter de se dégager. Autour de lui, ses frères de religion s'affairaient à détourner l'aigle de sa proie. Mal leur en prit car l'énorme oiseau ne lâcha prise que pour fondre sur une nouvelle victime.

— Ne vous arrêtez pas ! Poursuivez-le ! lança la voix du Grand Inquisiteur, plusieurs dizaines de mètres en arrière.

Sans chercher à comprendre ce qui se passait derrière lui, Stéphane Lefart continuait à courir à perdre haleine, l'esprit et le corps tendus vers un seul objectif : atteindre le rivage. Mais celui-ci paraissait toujours plus éloigné, comme un arc-en-ciel constamment fuyant. Sans même avoir besoin de se retourner, il savait que, derrière lui, la chasse avait repris. Il ne courait plus ; il volait, comme si ses pieds blessés ne touchaient plus le sol.

Dans un souffle d'air brassé, le rapace passa au-dessus de sa tête et s'envola vers le soleil. Simultanément, un autre petit point noir parut sortir du disque luminescent au moment où l'oiseau fusionnait avec le globe de feu. En une poignée de secondes, la tache grossit jusqu'à prendre la forme d'un engin blanc, circulaire qui finit par se stabiliser à une cinquantaine de mètres du sol. Coiffée d'un dôme transparent, la soucoupe arborait sous son ventre un signe étrange : un cercle constellé d'étoiles d'or, avec un triangle vert au milieu duquel se dressait un glaive étincelant. Sous le triangle, s'affichait un gros caractère doré représentant l'alpha grec. Au sommet du triangle, brillait la croix rouge pattée de l'Ordre du Temple, flanquée à droite d'une équerre, à gauche d'un compas, les signes de rectitude. En dessous de ce dessin mystérieux, s'affichait de grandes lettres rouges : *CDL 9* « CDL » pour « Chevaliers de Lumière » et le motif héraldique était le blason de l'Ordre cosmique des Chevaliers de Lumière. Aviso de reconnaissance, le *CDL 9* était plus particulièrement le vaisseau ordinaire du commando Alpha de l'Ordre ; commando dont Gilles Novak était le chef, en tant que banneret de l'Ordre pour les pays francophones.

Aux commandes de l'appareil, le Vahoun Shorung-N'Taal, son pilote habituel, ne devait rien perdre de la scène. Les Vahouns — dont beaucoup, comme Shorung-N'Taal, provenaient d'un monde de l'étoile Cassiopée — étaient des mutants disposant de prodigieux pouvoirs mentaux, notamment télépathiques.

— *Shorung, mon vieux Shorung*, pensa puissamment le jésuite en tentant de toucher les formidables capacités psychiques du Cassiopéen, *tire-moi de là, je t'en supplie !*

Aucune réponse. Peut-être avait-il été un peu directif avec l'Extraterrestre. Après tout, ses liens privilégiés avec Gilles Novak n'autorisait pas forcément Stéphane Lefart à se considérer comme le frère de tout Chevalier de Lumière. Et ne disait-on pas les Vahouns quelque peu susceptibles, chatouilleux même, sur les questions d'étiquette ?

— *Ô noble Shorung-N'Taal, désolé si je t'ai manqué de respect...*

Le fugitif s'interrompit pour rester concentré sur sa course et reprendre son souffle.

— *Mais vois dans quelle situation, je me trouve... Alors s'il te plaît, fais quelque chose... Viiiite !*

Toujours pas de réponse du *CDL 9*. Les pas se rapprochaient. Les premiers poursuivants ne devaient pas être à plus de dix mètres. Les clameurs rageuses se voyaient déjà vainqueurs.

« *Bon sang, mais pourquoi ne réponds-tu pas, foutu médium ? Ça te coûterait quoi de me translater à bord ?*

C'est alors qu'apparut une masse confuse qui s'arracha au moutonnement de la baie. Dans une gerbe d'eau, une forme lenticulaire noire surgit comme un missile eau-air. Suivant un angle de soixante degrés, il s'éleva un moment, tourna en direction du Menez-Hom que l'on apercevait au loin sur la gauche, puis revint vers le *CDL 9* en position stabilisée à cinquante mètres du sol. Le cigare sombre se précipita sur la soucoupe comme s'il voulait s'écraser dans un cendrier. L'OVNI lâcha un jet aveuglant, jaillissant à l'avant de son fuselage. Au millième de seconde près, l'aviso des Chevaliers de Lumière évita l'impact et remonta à cinq cents mètres. L'objet effilé lui donna la chasse.

Au même instant, au-dessus du Menez-Hom, deux autres points noirs apparurent. D'abord, ils semblèrent ne pas bouger. Ils suivaient en réalité une trajectoire parfaite et rapidement, à mesure qu'ils grossissaient à une vitesse phénoménale, il devint apparent que leur tracé était réglé sur le *CDL 9*. Ce dernier pivota sur lui-même pour se retrouver face au cigare. Deux rayons partirent de son ventre, juste en dessous du poste de pilotage que connaissait Stéphane Lefart. Malgré le carénage effilé de l'appareil non identifié, les deux rayons le frappèrent de face. Dans un éclair fulgurant, une première explosion embrasa l'objet qui se brisa en deux parties. L'arrière tomba droit vers le sol, tandis que l'avant était secoué par une seconde déflagration plus violente encore que la première qui le désintégra totalement dans un feu d'artifice d'abord blanc puis jaune, qui s'embrasa dans un flamboyant bouquet rouge aux reflets magenta.

Ébahis, voire terrorisés par cette manifestation céleste pour le moins incongrue, les moines avaient interrompu leur course et, recroquevillés les uns contre les autres, se protégeaient la tête de leurs bras. « Bernardo Gui » lui-même, la bouche ouverte sur une vitupération suspendue, s'interrogeait sur la conduite à tenir. Fallait-il interpréter ce combat comme un signe divin ? Et lequel de ces belligérants était le représentant de la grandeur du Tout-Puissant ? Se pouvait-il que ce fût cet objet qui venait de se faire abattre lamentablement ?

À ce moment, les deux autres OVNI — des engins verdâtres, presque transparents, de forme trapézoïdale — venaient d'arriver au contact. La matière dont ils étaient constitués réfractait la lumière ; on aurait dit deux cristaux géants en vol. Ils se séparèrent pour fondre simultanément sur le *CDL 9*. Dans la même fraction de seconde, les deux appareils tirèrent. Mais l'aviso des Chevaliers de Lumière réussit à éviter l'impact et, poursuivant leur course croisée, les projectiles frôlèrent de peu les deux engins belligérants.

N'eût été l'angoisse qu'il ressentait quant à

l'issue de la confrontation dont dépendait-il faut bien le dire — son salut ou sa perte, nul doute que Stéphane Lefart se serait laissé aller à la contemplation de ce spectacle extraordinaire. Presque à son insu d'ailleurs, et à l'instar de ses poursuivants, il ralentit le pas. Aussitôt l'envahit une foule de sensations que la pression de l'effort physique qu'il devait fournir avaient refoulées jusque-là. Alors il prit réellement conscience de la douleur qui ravageait ses pieds. S'arrêtant complètement, il réalisa qu'ils étaient en sang et que chaque enjambée qu'il faisait laissait une empreinte sanguinolente. La vision de ses plaies ne fit que raviver sa souffrance et, à bout de force, épuisé, il se sentit gagner par la tentation de renoncer, de s'allonger sur le sol et d'attendre la mort. Heureusement un cri du Grand Inquisiteur le ramena à la réalité et il reprit sa course au moment précis où un dard foudroyant frappait l'un des combattants aériens. Alerté par le bruit de la déflagration, il releva la tête pour constater avec horreur que le vaisseau de l'Ordre cosmique s'embrasait contre l'écran d'un grand cirrocumulus immaculé. Un second impact acheva de le désintégrer et, dans une pluie d'étincelles, l'appareil plongea vers la grève sous les hurlements de victoire des moines. Une fois encore, l'hallali était lancé. Clopin-clopant, serrant les dents et plissant les yeux, le jésuite en fuite ne donnait plus cher de sa peau. Un, deux, trois, quatre... Il comptait ses dernières secondes de liberté.

Soudain, derrière un repli de terrain, il crut distinguer une masse bouger. Une tête, hirsute et barbue, surgit, suivie d'un corps. Puis un autre. Et encore un autre. Une troupe de guerriers bondit comme des diables jaillissant d'une boîte, épées ou hachettes au clair. Ils devaient être allongés, tapis derrière les massifs d'ajoncs et les anfractuosités du terrain raviné par les intempéries.

— Beeeeeeeel !

Avec un hurlement sauvage, les nouveaux venus — une dizaine d'hommes — se lancèrent en avant. Leur accoutrement évoquait la tenue des anciens guerriers celtes, recouverts de peaux de bêtes et de vêtements de cuir, au-dessus de braies de lin. La majorité étaient têtes nues. Seuls deux combattants portaient des couvre-chefs arborant de superbes cornes de cervidés. Mais ils ressemblaient davantage à des ornements rituels qu'à de véritables heaumes protecteurs. Sans un regard pour le jésuite, ils le dépassèrent et foncèrent vers la marée de moines dévalant la colline, sermonnés par « Bernardo Gui ».

Cueilli par la soudaineté de l'attaque, le premier d'entre eux eut à peine le temps de réaliser ce qui lui arrivait. L'ultime vision qu'il emporta dans la mort fut celle d'un gigantesque gaillard planté face à lui, tenant à bout de bras un glaive pointé vers le firmament — la suite lui échappa — et pour cause ! — car sa tête vola dans les airs, inondant de sang ses coreligionnaires, tandis que son corps décapité poursuivait sa course sur quelques mètres, projetant de petites geysers vermillon à chaque pas.

Puis, comme une chiffe molle, il s'effondra dans un tapis de bruyères. Par réflexe, un franciscain béat avait attrapé ce curieux projectile. Avec un air de dégoût, il le repoussa, au moment où un assaillant lui transperçait la poitrine de son arme. Un jet de sang jaillit de sa bouche aux dents gâtées.

Stéphane Lefart s'était interrompu pour observer ce nouveau miracle. D'où venait ces Celtes ? Étaient-ils des partisans d'Ys ? Apparemment, c'était la seule hypothèse envisageable. Seulement le jésuite constata que, malgré la rage et l'armement des guerriers, la petite dizaine ne parvenait pas à prendre un ascendant déterminant sur les moines. Ces derniers, loin de faiblir ou de fuir, résistaient vaillamment et, à mains nues, tentaient de maîtriser et de désarmer leurs agresseurs. Certains y parvinrent. Tête en avant, un gros moine en bure brune percuta le ventre d'un Celte qui, le souffle coupé, vola en arrière et s'affala dans le grémil. Les prêtres lui tombèrent dessus, lui arrachèrent sa hache et un franciscain — bien oublieux des préceptes charitables et contemplatifs de son patron François d'Assise — la souleva et la rabattit sur la gorge de l'homme à terre. Simultanément, deux autres guerriers succombèrent aux assauts des prêtres. Pendant ce temps, des moines avaient contourné l'aire des combats pour reprendre la chasse, sus au traître hérétique.

L'intéressé vit les soutanes voler dans sa direction et se hâta de reprendre sa fuite. La grève paraissait toujours aussi lointaine. En altitude, les deux OVNI qui, mystérieusement, s'étaient maintenus à l'écart de la mêlée, se rapprochèrent du sol. Silencieusement, ils descendirent de concert, verticalement comme s'ils se déplaçaient dans la cage d'un ascenseur invisible, et se stabilisèrent à quinze mètres au-dessus d'un champ, à une bonne centaine de mètres de Stéphane Lefart.

À l'aplomb de chacun des appareils, une masse aux contours indistincts commença à se matérialiser et deux gros tas de galets en forme de cairns jaillirent juste au-dessous des trapèzes diaphanes. C'est alors que l'aigle réapparut à équidistance des deux objets en suspension. Ce tableau figé avait quelque chose d'irréel, de fantastique : un champ, deux tumulus de pierres, deux trapèzes cristallins immobiles, un aigle aussi statique entre les deux, avec la baie de Douarnenez pour toile de fond.

— *Je suis ton esprit-gardien*, prononça une voix dans la tête du jésuite.

Celui-ci tourna son regard vers le rapace qui le fixait. L'oiseau se laissa descendre en vol plané vers le tumulus de droite.

— *Run-bili* [1], entendit le prêtre dans son crâne.

Puis, poussé par une force mystérieuse, il regarda l'autre tas de pierres.

— *Run-justisou* [2], ajouta la voix psychique.

L'aigle s'était posé au sommet de « Run-bili » et attendait le jeune homme.

---

1. En breton, le « mont de galets ».
2. En breton, le « mont des justices ».

— *Cherche*, dit la voix venue d'ailleurs.

Un éclair malicieux passa dans la pupille noire de l'animal. Inconsciemment, Stéphane Lefart posa ses mains sur les galets, effleura les pierres. Chercher ! Chercher ! Mais que devait-il chercher ?

— *Qui ne sait pas, apprendra*[1].

Le rapace éploya ses ailes, s'arracha au cairn et... se transforma en cerf qui, d'un bond, s'enfuit vers les plages et disparut.

Le jésuite souleva légèrement sa main droite étalée sur un gros galet plat sans perdre le contact avec la roche : une tête de cervidé stylisée apparaissait indistinctement à la surface de la pierre. En s'orientant différemment en fonction du soleil et en créant une ombre, on en distinguait mieux les contours. Il s'empara du galet et le désencastra. Derrière, l'empreinte d'une main droite fossilisée était imprimée dans une ardoise plate. Le jésuite y appliqua la paume. À cet instant, un message s'imprima à nouveau dans son cerveau.

— *Ys-Meur Dal Riatha.*

Que voulait dire ceci ? Quel lien secret unissait-il Ys « la Grande » et Dal Riatha, ce royaume mythique du nord de l'Irlande d'où, selon la

---

1. Extrait du *Barzaz Breiz* de Théodore Hersart de la Villemarqué. Le *Barzaz Breiz* est l'équivalent breton des contes germaniques de Grimm ou du *Kalevala* finnois d'Elias Lönrrot, c'est-à-dire la réunion par un chercheur des vieux récits de la tradition orale. La présente expression provient du texte relatif à « La submersion de la ville d'Ys ». Mais cela, Stéphane Lefart l'ignorait...

légende, venaient les Pictes établis à l'ouest de l'Écosse ? Les habitants d'Ys et de Dal Riatha avaient-ils la même origine ?

Le jeune homme prononça les noms sacrés :

— Ys-Meur Dal Riatha.

Rien ne se passa.

— *Slupinis, trip trep trip trep trip trep, rapide comme le feu*[1] !

Encore une fois, Stéphane répéta à haute et intelligible voix le message qu'il venait de recevoir mentalement.

Une douleur intolérable s'empara alors de la main, du bras, puis de tout le corps du jésuite et une chaleur terrible se répandit dans les membres, les moindres cellules, comme une décharge électrique. La paume était collée à la pierre sans pouvoir s'arracher. Le monde entier avait vacillé autour de lui. Sa vue s'était brouillée. Son crâne n'était plus que hurlements stridents, grincements, déchirures, éclatements. Puis, la douleur disparut et son corps fut comme nettoyé, purifié, soulagé. Stéphane contempla sa main. Elle ne portait aucune trace de blessure, brûlure ou autre stigmate.

Son œil fut attiré par un mouvement sur sa droite. À quatre mètres du cairn, la terre s'était

1. Autre extrait du *Barzaz Breiz*, à l'exception du nom « Slupinis », sans doute celui du cheval de Gradlon évoqué dans le passage concerné (on remarquera toutefois avec intérêt que Slupinis est le nom, dans différentes traditions, de la monture de saint Nicolas).

entrouverte sur une largeur d'un mètre. Le jeune homme s'approcha du trou. Un escalier tournant partait vers les entrailles de la colline. Sans hésitation, il s'engagea dans l'échancrure du sol. À peine avait-il descendu quelques degrés, qu'il s'aperçut que les marches devenaient beaucoup plus larges. Des cristaux luminescents incrustés dans la pierre dispensait une clarté tout à fait correcte. Après avoir atteint une profondeur qu'il estima à moins d'une dizaine de mètres sous Run-bili, il atteignit une porte de type pare-feu. Il la poussa, mais rien ne bougea. Observant la paroi, il repéra un digicode à droite de l'ouverture. Un digicode d'un genre particulier, très particulier. Le jeune folkloriste reconnut des caractères ogamiques[1].

— Allons bon !

Espérant une divine inspiration ou un subtil message, comme cela s'était produit en haut pour ouvrir le cairn, Stéphane Lefart fit courir ses doigts sur le clavier, attendant l'étincelle. Intérieurement, il se mit à pester contre lui-même. Peu de temps auparavant, il s'était précisément attelé à la rédaction d'un opuscule sur les ogams. Mais situant toujours ses travaux sur un plan trop intellectuel, il ne s'était même pas donné la peine de mémoriser les caractères, se contentant de théoriser à partir des textes existants.

Il fit une nouvelle tentative, pressant des carac-

---

1. Qualifie l'écriture des inscriptions celtiques des ve-VIIe siècles en Irlande et au Pays de Galles.

tères au hasard. Mais même cause, même punition. Le passage demeura clos. Il s'arc-bouta contre la porte ; il ne la sentit pas bouger d'un millième de millimètre. En désespoir de cause, il s'apprêta à remonter... pour constater que l'accès vers l'extérieur s'était lui aussi refermé. En haut des marches, la roche ne présentait pas la moindre trace d'ouverture. Un examen rapide suffisait à montrer que la roche ne décelait pas le plus petit mécanisme, le plus infime bouton. Les commandes du passage se trouvaient probablement de l'autre côté de la porte pare-feu.

Piteusement, il s'assit lourdement sur une marche à mi-hauteur de l'escalier et, machinalement, il massa ses pieds endoloris qui saignaient toujours bien que le contact avec la pierre froide eût un effet apaisant. Au moins, dans l'impasse où il se trouvait songea-t-il, il y avait un aspect positif... Il ferma les yeux, envisagea de s'assoupir un moment, mais se ressaisit. Il parviendrait bien à arracher ses secrets au digicode.

Il redescendit près du tableau de commande. Il y avait quatre rangées de cinq touches. Sur chacune, un nombre différent d'encoches se répartissait autour d'une barre verticale. Le front plissé, la main droite posée sur sa nuque, le jeune homme commença à se creuser la cervelle.

— Voyons, apparemment, d'après l'emplacement des encoches, le clavier suit l'ordre ogamique traditionnel, marmonne-t-il. Si je me souviens bien, l'ordre des lettres est Beth, Luis, Nion... Ou non, ici, ce doit plutôt être Beth, Luis, Fern, et après il y a S et N, c'est-à-dire, euh... Nom d'une pipe, comment s'appellent-ils ? Impossible de m'en souvenir... Bon, ça va me revenir, continuons. Ensuite...

Mais, plus le jeune homme cherchait, plus ses idées se brouillaient.

— Une barre à droite, c'est H... non c'est M... ou non, c'est bien H. Le M, c'est une barre à gauche. Et le A, c'est un trait horizontal chevauchant la verticale. Cinq traits penchés sur la verticale, c'est R. Et deux barres penchées, c'est G. Oh, bon sang, jamais je ne vais y arriver ! Et même si je trouve, qu'est-ce que ça va me donner ? Je n'aurais pas pour autant la combinaison... Ça y est, je me souviens que la dernière rangée se sont les voyelles dans un ordre qui n'est pas le nôtre. A est en tête et E, puis I à la fin.

Au fur et à mesure que la traduction des caractères lui revenait, Stéphane Lefart récapitulait dix ou vingt fois chacune de ses trouvailles, craignant d'oublier les équivalences aussi vite qu'elles étaient venues. Fébrile, il fouilla les poches de son pantalon. Elles étaient totalement vides. Et pas question d'écrire sur la roche lisse. Une idée lui vint. Il fit saigner un peu plus les plaies de ses pieds et se mit à reproduire sur la porte un clavier en le dessinant avec son sang. À l'emplacement des différents caractères ogamiques, il inscrivait tant bien que mal la lettre romaine correspondante. Il se souvint encore que, pour son petit opuscule, il avait écrit le nom Ronald et se souvint des ogams utilisés. Mais ensuite, son cerveau demeura irrémédiablement sec. Il fit le bilan de ce qu'il avait tout de même obtenu : A B D E F G H I L M N O R S U. Quinze caractères sur vingt. Finalement, le bilan n'était pas si pitoyable, mais pas suffisant. Les pieds bien à plat sur le sol revigorant, il se rassit sur la première marche et contempla son clavier de sang sur le plateau de la porte. Restait à savoir maintenant combien de caractères comptait le code ? Et y avait-il des lettres doublées ? Le codeur avait-il entré un mot intelligible ou une séquence aléatoire ? Toutes ses questions harcelaient le jeune homme fatigué. Quel mot pouvait-il former avec les caractères à sa disposition ?

— Ys-Meur Dal Riatha !

Le sésame du cairn lui traversa la mémoire. Il se redressa et regagna le clavier. Lentement, il composa « Is », puis « Meur ». À chaque pression, un des deux petits œilletons situés au-dessus du cadran lançait un éclat de lumière rouge. Stéphane continuait : Dal... Ria...

Brusquement, il s'arrêta : comment restituer le « th » ? Il essaya l'une des six touches dont il n'avait pas identifié le caractère. Puis il ajouta « a ». Sans succès. Il recommença alors toute la séquence : Is... Meur... Dal... Ria... Et une à une, il testa toutes les touches inconnues en recommençant cinq fois l'opération complète. En vain. La porte se refusait à bouger. Il songea soudain que Dal Riatha s'écrivait également, en graphie moderne, Dalriada. Alors il essaya de nouveau, avec un « d »... sans plus de résultat.

Se prenant la tête entre les mains, le jésuite sentit le fardeau du monde s'écrouler sur ses épaules. Nul en mathématiques, il n'osait même pas songer au nombre de probabilités qu'il lui faudrait pour tester toutes les séquences possibles... et aux siècles nécessaires pour en venir à bout ! Un jour peut-être, on retrouverait son cadavre, son squelette, voire un petit tas de poussière devant la porte close !

Ses méditations s'envolèrent alors vers Cornaline. Ses dernières pensées seraient pour elles. Il y tenait absolument. Ainsi pourrait-il peut-être la retrouver dans un monde meilleur, de « l'autre côté ». Cornaline !

Il essaya le nom sur le digicode sans grand espoir. Après avoir tenté les six combinaisons possibles pour le « c », il dût admettre que Cornaline n'était pas le code introduit. De la jeune fille, il passa à son patronyme : Le Coz en remplaçant le « z » final par un « s ». Puis il testa Le Du, Gradlon... Il venait de commencer à taper les deux premières lettres de Dahud — la fille de Gradlon —, lorsqu'il se figea, alerté par la sensation que quelque chose — un détail — venait de se passer. Rapidement, il recomposa les lettres ogamiques de Gradlon. L'œilleton vert s'alluma. C'était cela le « détail » qui avait averti ses yeux, sans transmettre assez vite l'information à son cerveau fatigué. Cinq secondes se passèrent et la porte s'ouvrit.

Stéphane déboucha alors dans une salle faiblement éclairée, irradiant une lueur fluorescente verdâtre, dont l'agencement contrastait avec le caractère archaïque et rudimentaire du couloir. Une symphonie d'appareils high-tech, de diodes clignotantes de toutes les couleurs, de moniteurs, certains même allumés, d'écrans transmettant différentes informations, donnait une impression d'intense activité. Simultanément pourtant, en posant le pied dans cet univers aseptisé, rutilant de propreté, le visiteur avait l'impression de pénétrer dans un sanctuaire, dans un temple, dans quelque lieu tabou protégé par d'obscurs charmes. Précautionneusement, lentement, le jésuite s'avança sur le carrelage blanc. À petits pas, il progressa dans la salle en contemplant les claviers et les écrans. Quelle pouvait être la destination de cette installation secrète ? Le modernisme du dispositif était en totale opposition avec le dérisoire système d'accès du cairn, sa formule magique et son ardoise électrisante.

Au fond de la salle, au bas d'une volée de quatre marches couvrant toute la largeur de la pièce, un caveau abritait trois sarcophages de verre, tout trois ouverts. Le plus proche de l'endroit où se trouvait Stéphane était vide, mais les deux autres étaient occupés. Le jésuite s'approcha de celui de droite. Une splendide femme, pouvant avoir entre trente et quarante ans, semblait dormir. Ses longs cheveux d'or encadrait tout son corps comme un linceul, jusqu'aux pieds. Mais à la grande stupéfaction du jeune homme, ses traits ressemblaient à s'y méprendre à ceux de Cornaline ! Le jésuite se pencha. Il ne sentit ni n'entendit le moindre souffle. En lui prenant le bras, il posa son index sur l'intérieur de son poignet pour chercher le pouls. Il finit par le trouver, lent, subtil, aussi délicat que la belle endormie. Le jeune homme se pencha à nouveau et colla son oreille sur le visage de la femme. Effectivement, une très fine respiration filtrait à travers les narines. Elle vivait et sa poitrine, imperceptiblement, se soulevait. Stéphane hésita à la réveiller, mais préféra s'intéresser d'abord au troisième sarcophage de cristal. Silencieusement, il se glissa vers le long coffre transparent qui protégeait le sommeil de... Le Coz. Alexis Le Coz, le père — au moins adoptif, car rien n'était vraiment clair dans leurs rapports — de Cornaline, Alexis Le Coz donc, qui avait mystérieusement disparu, dormait là. Apparemment. Et pour s'en assurer, le jeune homme répéta les gestes qu'il avait eus pour chercher le pouls du sosie de Cornaline. Il le trouva, aussi discret et lent que celui de la femme.

Moins enclin à la délicatesse qu'avec la dormeuse, le jésuite tapota l'épaule du vieil homme. Ce dernier ne bougea pas. Du bout des doigts, Stéphane Lefart secoua la poitrine du dormeur. Point de réaction. Il recommença et recommença, chaque fois un peu plus fort et en répétant son nom.

— Le Coz, hé, Alexis Le Coz. Réveillez-vous !

Craignant d'avoir réveillé brutalement la jeune femme par ses cris, le jeune homme tourna vivement la tête. Mais la blonde Ophélie n'avait pas réagi dans son sommeil paisible.

Lefart renonça à réveiller le père de Cornaline. Il revint vers la salle de commandes et s'intéressa de plus près aux écrans. Il ne fut pas vraiment surpris, à côté de claviers « azertyuiop » des plus classiques, de découvrir des touches à caractères ogamiques, voire, totalement inconnus de lui.

Après avoir effectué un tour complet de la salle, il s'arrêta un instant et tenta d'imaginer quel pouvait être le poste principal de commande. La technique n'était pas son fort et, mis à part le fonctionnement de son ordinateur portable et de quelques logiciels utiles, il ne comprenait pas grand-chose aux systèmes modernes de communication. Mais là, une fois de plus, il devait faire appel à toutes ses connaissances. Et, en cette matière, ses connaissances s'articulaient essentiellement autour du poste de commande du *CDL 9*. Il essaya de se mettre à la place du Vahoun, Shorung-N'Taal, avec ses deux mètres de haut, son crâne chauve, ses yeux étirés vers les tempes à l'égyptienne, son nez camus, sa peau bistre, ses lèvres très fines, ses oreilles au large pavillon mobile. Il se représenta le pilote de l'aviso de reconnaissance dans sa tunique verte de l'Ordre cosmique, devant sa console, ses écrans, ses manettes, et...

Là ! Stéphane Lefart aurait été incapable d'expliquer pourquoi, mais il était convaincu que ce clavier face à une console et un moniteur éteint constituait le cœur de tout le dispositif. Il fit glisser un tabouret recouvert de cuir foncé devant l'ordinateur. Une fois assis, il regarda l'écran noir et avisa un petit bouton en bas à droite. Le jésuite le pressa et des zébrures blanches s'animèrent sur le moniteur. Des données défilèrent comme pour l'amorce de tout ordinateur. Les écrans défilants se stabilisèrent.

« Password :... » Ça y était ! Encore un mot de passe qu'il n'allait pas posséder. Le jeune homme ne se voyait pas tout essayer. Et en quelle langue avait-on entré le code ?

Il se contenta d'appuyer sur « Enter » et — miracle ! —, les écrans recommencèrent à s'animer. Un visage de jeune femme apparut dans la fenêtre du moniteur.

— Merci de mettre les lunettes virtuelles.

Stéphane Lefart regarda autour de lui et repéra sur sa gauche, dans un emplacement prévu à cet effet, le casque indiqué. Il le plaça sur sa tête et ses yeux se retrouvèrent couverts par les lunettes opaques. Après avoir positionné le micro-branche devant sa bouche, il activa l'interrupteur sur le côté gauche du heaume virtuel et les écrans miniaturisés s'allumèrent simultanément à l'intérieur du visiocasque. Le jésuite se retrouva projeté dans un décor nu, d'une blancheur parfaite.

— Bienvenue, reprit le visage de la jeune femme. Vous pouvez poser vos questions.

— Où sommes-nous ? interrogea simplement le visiteur.

— Sous le cairn Run-Bili, tumulus situé sur le territoire du hameau de Kerastrobel.

— Je connais le secteur de Kerastrobel, je n'y ai jamais vu de cairns s'étonna le jésuite. Et là, dehors, il y en avait deux.

— Oui, Run-Bili et Run-Justisou. Tous deux existaient encore avant la Seconde Guerre mondiale. Le remembrement des terres a eu raison des deux sanctuaires. Visiblement, s'entend, car les deux tumulus ont toujours existé et ils existent encore... Dans un ailleurs absolu.

— À quoi servent ces tumulus et particulièrement cette installation ?

— Run-Bili est la nécropole du roi Gradlon et de sa fille bien-aimée Dahud. Sous Run-Justisou est inhumé le fils de Dahud. Les deux tumulus constituent une centrale d'énergie dont le contrôle est assuré depuis cette salle.

— Une centrale d'énergie ? sursauta le jeune homme. À quelle fin ?

— Vous ne pouvez poser cette question, merci d'en poser une autre.

— Vous avez dit que le cairn était le tombeau de Gradlon et de sa fille. Vous voulez parler de ces cercueils, là ? demanda le jeune homme en tendant le doigt vers les sarcophages.

— Affirmatif.

— Mais l'homme, ici, s'appelle Le Coz. Alexis Le Coz, je le connais. C'est un descendant de Gradlon [1], mais ce n'est *pas* Gradlon.

— Il est Gradlon, roi d'Ys et de Dal Riatha.

— Il est mort ?

— Il dort.

---

1. Voir SF Jimmy Guieu n° 120. *Ankou : la vengeance d'Ys.*

— Mais qui contrôle cette salle ? Qui l'entretient ?

— Vous ne pouvez poser cette question, merci d'en poser une autre.

— Les maîtres de cette installation sont-ils des partisans ou des ennemis d'Ys ?

— Vous ne pouvez poser cette question, merci d'en poser une autre.

— Mais qu'ai-je le droit de demander ?

— Vous ne pouvez poser cette question, merci d'en poser une autre.

— Comment vais-je sortir d'ici ?

La jeune femme disparut de l'écran virtuel. Dans le viseur du casque, une longue procession se mit à s'étirer entre les deux cairns à la lueur des torches. De nombreux flambeaux éclairaient les monticules de galets. Au milieu de la colonne, Stéphane Lefart distingua confusément une masse tenue à hauteur d'épaules par des porteurs. Le visionneur virtuel tenta de s'approcher. Une musique commença à s'élever. Le religieux reconnut le deuxième mouvement de la Septième Symphonie de Beethoven. Surtout, il reconnut, porté sur des lances croisées... *son propre corps*. Il assistait à *ses* propres funérailles. Le mouvement symphonique était de circonstance. Lefart essaya de reconnaître certains des assistants. Il se déplaça vers l'avant de la colonne... qui disparut pour laisser place au visage grimaçant de « Bernardo Gui ». Une main venait d'arracher brutalement le casque virtuel. Sans transition, le jésuite se retrouva précipité dans la réalité la plus sinistre.

— Emmenez-le, cracha l'inquisiteur au visage du jeune homme.

Plusieurs mains s'emparèrent du fugitif sous les aisselles, par les bras, aux jambes, au cou. Des doigts s'agrippèrent aux cheveux. Et sans ménagement, il fut traîné vers la porte. Une main le poussa dans le dos et il partit, les deux paumes en avant, contre l'escalier. On le releva pour le pousser avec toujours plus de brutalité vers le haut des marches. Ses genoux frappèrent l'arête d'un perron. Il voulut se frotter la zone endolorie, mais en fut empêché. Rapidement, il se retrouva à l'air libre. Traîné plus que poussé, il avait à peine le loisir de regarder autour de lui. Néanmoins, il crut deviner que toute trace de Run-Bili avait disparu. Le tumulus s'était apparemment évaporé.

De même, en chemin, il ne vit aucun témoignage du récent engagement ayant opposé les moines aux guerriers celtes.

Plus étrange encore, en arrivant en haut de la colline, la configuration du paysage s'était totalement modifiée. À cinq mètres environ, en arrière du sommet, il aperçut trois arcades gothiques et quelques blocs de pierre : les ruines d'une chapelle. Il n'en avait pas de connaissance directe, mais il était certain de les avoir déjà vues en photos. Il ne faisait pratiquement aucun doute pour le jeune homme qu'il s'agissait des vestiges de la chapelle Saint-Laurent, à l'entrée de Tal-ar-Groas. Seulement, il n'y avait point de village aux alentours et, pour autant que sa mémoire ne le trahisse pas, le décor ne correspondait pas aux photos. Ils traversèrent le dallage entre les arches gothiques. Des corbeaux s'envolèrent.

À une vingtaine de mètres, un bosquet de hêtres enchevêtrés, aux formes torturées, déployait sa masse ténébreuse, presque d'allure impénétrable de l'endroit où le groupe se trouvait. En peu d'enjambées, la colonne se retrouva à la lisière et pénétra sous les frondaisons. Pas un bruit, pas un soupçon de vie ne montait du sous-bois. Il régnait une odeur de mort... et de soufre peut-être. Une cloche se mit à sonner et, subitement, un immense mur sombre se dressa devant les moines et leur prisonnier. La paroi était percée d'une grande porte en ogive. Au-dessus de l'entrée, un blason sculpté arborait l'inévitable tête de bouc des Tewenneg[1]. Pour la première fois, Stéphane Lefart réalisait que ce symbole, ce triangle stylisé, apparaissait partout dans la salle de justice, où il avait été interrogé. Tous ces moines, ces inquisiteurs, ne seraient alors que des membres de cet ordre inquiétant ? Et le père Labeille serait un des leurs ? Ce n'était pas possible ! Portant, il avait bel et bien vu le père Le Du

1. Tewenneg est le nom celtique de Guénolé, le fondateur de l'abbaye de Landevennec et l'ancien confesseur du roi Gradlon à Ys, qui avait précipité la destruction de la cité. Guénolé aurait fondé un ordre secret, infiltré dans l'église catholique, destiné à lutter contre les héritiers de la cité engloutie, par tous les moyens, y compris la magie noire. Le présent responsable de l'ordre est, ou était, le père Le Du... Cf. SF Jimmy Guieu n° 120 *Ankou : la vengeance d'Ys*.

lui-même dans la salle... même si celui-ci lui avait permis de s'échapper. Était-ce une véritable évasion ou un piège ? Le jeune homme ne comprenait plus rien, si tant est qu'il ait compris quelque chose depuis qu'il s'était retrouvé face à ses juges.

Les deux battants de la lourde porte s'entrouvrirent, poussés par deux moines. Sans un mot, « Bernardo Gui » s'engagea à l'intérieur. Un bref couloir sombre succédait à l'entrée. Ensuite, sur la droite, un cloître encadrait paisiblement un jardinet fleuri, doté d'une fontaine en son centre. La luxuriance du carré de verdure cadrait mal avec l'austérité manifeste de l'endroit et de l'ordre qu'il abritait. Le jésuite fut entraîné sous l'une des arcades du déambulatoire. Le bruit des sandales des religieux claquait sur le dallage.

Au bout du passage, le Grand Inquisiteur s'arrêta. Un moine le contourna et vint ouvrir la porte qui se dressait devant lui. La procession pénétra dans le bâtiment et arriva en haut d'une volée de marches qui surplombait une salle que le prisonnier reconnut immédiatement : c'était celle du procès. Sans plus de ménagement, il fut poussé dans l'escalier et faillit dévaler les degrés d'une traite, mais des bras le retinrent.

Au bas des marches, il chancela d'épuisement. Ses pieds en sang se refusaient à le soutenir. On le tira sur le sol jusqu'à son tabouret. Là, on le rassit. Un religieux amena une corde avec laquelle on l'entrava solidement sans qu'il cherchât à opposer la moindre résistance. Les récents événements, l'interrogatoire, la course-poursuite, l'angoisse de l'enfermement, les rudoiements, avaient consumé les dernières forces du jeune homme. Un auxiliaire de justice s'approcha, un chat à neuf queues en main. Il leva son instrument et les lanières claquèrent sur le dos de l'infortuné jésuite. Il cambra sa taille et se crispa.

Toute la congrégation avait repris place. Seul manquait le père Labeille.

— Tu n'as pas répondu à nos questions, Stéphane Lefart ! cracha le Grand Inquisiteur. Exténué, la tête ballottante sur les épaules, « l'accusé » resta muet.

— Réponds ! hurla le moine-garde debout à sa gauche en lui assenant une gifle du dos de sa main gantée de fer.

— Je ne sais pas... Je ne sais pas... parvint à balbutier le prisonnier.

Un filet de bave rougeâtre coulait entre ses lèvres. Un goût amer lui revenait dans le fond de la gorge mêlé à celui ferreux du sang.

— Nous savons tout, continua « Bernardo Gui ». Inutile de résister, tu en es probablement conscient.

À droite des bourreaux, un pan de la muraille pivota, découvrant une porte dissimulée dans l'appareil de l'édifice. Elle s'ouvrit sur le père Labeille, suivi de deux gardes qui maintenait une forme humaine loqueteuse, une femme, presque incapable de tenir sur ses jambes ; son crâne rasé n'était plus qu'une masse sanguinolente et poisseuse de suie et de boue. Un vague tissu blanc en pièces ne recouvrait quasiment rien de son corps nu.

La salle frémit de chuchotements. Les nouveaux arrivants parvinrent dans le cercle de lumière engendré par les candélabres de la table et s'arrêtèrent à deux mètres de celle-ci. L'un des gardes souleva le menton de la créature.

Avec effroi, le père Lefart reconnut alors les traits délicats, adorables, de Cornaline. Elle portait tous les stigmates d'une torture poussée. Son visage tuméfié montrait de nombreux sillons sanglants, à l'instar de son corps dévoilé. Ses seins avaient manifestement fait l'objet d'un traitement particulièrement sauvage de la part des moines pervers. Des moines qui, à l'instant même, témoignaient bruyamment en poussant des cris. Combien parmi eux étaient choqués par la vue d'une femme dans sa nudité originelle ? Combien étaient réellement choqués par le traitement infligé ?

Les jambes et les cuisses de la jeune femme étaient zébrées d'estafilades noirâtres et d'hématomes. Stéphane Lefart remarqua que les religieux avaient totalement épilé leur victime — bien qu'à vrai dire, le jeune homme n'ayant jamais vu son amie dans sa plus complète nudité, il ignorait l'apparence ordinaire de sa toison pubienne. Mais son crâne rasé était déjà un indice suffisant de la volonté hystérique de saccager, d'humilier, d'avilir. Pourtant, même ainsi détruite, martyrisée, Cornaline conservait sa noblesse, sa pureté de traits, et la fascination électrisante de ses yeux bleus.

La voix presque coupée, les yeux envahis de larmes, le jésuite tenta de rassembler ses forces malmenées et se tortilla sur son tabouret. Un nouveau revers du gant du garde le calma en l'envoyant voler à terre. L'autre garde le redressa par les cheveux.

— Nous avons ici toute sa confession, Lefart.

L'inquisiteur tapotait du doigt une liasse de parchemins.

— Elle nous a tout livré. Ys, les accès aux domaines secrets, les cachettes, les noms... Elle nous a donné ça...

En rugissant de fierté, le moine sinistre sortit des plis de sa soutane un objet qu'il brandit.

Un chœur de « oh ! » fascinés monta sous les voûtes gothiques. Le moine tenait à bout de bras la croix de cornaline chèrement acquise lors du combat au Château de Dinan, cette croix magique qui devait aider la libération de la Communauté d'Ys[1]. L'inquisiteur reposa le joyau sur ses documents.

— Ah, et il t'intéressera de savoir qu'elle nous a révélé de fascinants détails sur toi, sur tes pratiques démoniaques, ta haine du christianisme, tes manigances pour infiltrer la Sainte Église, ton assassinat de Le Du après l'avoir torturé — j'attends que tu nous donnes l'endroit où se trouve son corps car elle ne l'a pas dit... malgré toute notre bonne volonté.

---

1. Voir SF Jimmy Guieu n° 120 *Ankou : la vengeance d'Ys.*

Avec un mauvais rictus, le moine contempla le corps martyrisé de la jeune femme.

— Elle nous a aussi expliqué comment tu étais possédé par les appétences de la chair, comment tu l'avais violée honteusement, sauvagement... Oui, Lefart ! hurla-t-il en se dressant et en tendant un doigt terrible vers le jeune homme, je t'accuse ici d'être sodomite et tu sais quel châtiment a toujours été infligé à ceux qui pêchent contre la nature.

Après une première réaction d'horreur, la congrégation grondait maintenant :

— Le feu ! Le feu ! Le feu !

— Oui, le feu. Mais après tout le reste, après d'infinis et patients traitements pour sauver ton âme... et le travail sera long et fastidieux pour une âme dans un tel état de péché. Ô Dieu de miséricorde, implora le moine avec une voix chevrotante en levant ses deux paumes vers la voûte, pourras-tu pardonner à ta brebis égarée, perdue dans l'infamie, le stupre, la trahison et l'ignominie ?

Stéphane Lefart, sentant ses larmes rouler sur ses joues, regardait avec souffrance la jeune femme dont la tête était retombée. Il l'aimait. Il ne pouvait s'empêcher de l'aimer. Dans son esprit, incontestablement, sainte et pure, elle l'était, mais l'épreuve qu'elle venait de subir lui faisait franchir un nouveau degré sur la voie de la sainteté. Ils paieraient.

— À propos, Stéphane Lefart, tu voudras probablement savoir que toute cette confession, elle nous l'a apportée de son plein gré. C'est elle qui est venue nous voir et elle a pratiquement tout dit avant même que... qu'on la soigne de ses tourments intérieurs.

Un ricanement déforma sa bouche, puis il ajouta :

— La « question » finalement, ce ne fut que... la cerise sur le gâteau.

D'un geste de la main, l'inquisiteur fit signe aux gardes d'emmener la prisonnière. Labeille vint reprendre sa place à la table. Le père Lefart, revenu, tiré par les cheveux, sur son tabouret, se débattit une nouvelle fois ce qui lui valut aussitôt une nouvelle volée sur la huque.

— Ils m'ont forcée, dit une voix faible qui, on le sentait, donnait le maximum de sa puissance en cet instant. Ils m'ont forcée, répéta plus faiblement encore Cornaline en relevant une seconde la tête pour regarder le jésuite.

Leurs yeux se croisèrent. Puis la tête de la jeune femme retomba et elle disparut dans la muraille.

D'un nouveau signe de la main, « Bernardo Gui » donna l'ordre aux moines gardiens d'approcher leur prisonnier du lieu de la « question ». Depuis le départ de son amie, toute vie paraissait avoir quitté le jeune homme qui gardait les yeux clos. Il ne ressentait plus rien. Incapable de raisonner, son cerveau sonnait creux, comme s'il était parti accompagner Cornaline en laissant son corps en otage à ces fous hystériques. Sans réagir, il se laissa jeter au pied du brasero. Les deux bourreaux le soulevèrent par les aisselles et le traînèrent jusqu'à un fauteuil de bois dont les deux pieds avant étaient munis d'une gouttière d'où partait un réseau complexe de courroies entraînant tout un système de roues à pignon. Ils l'y installèrent et l'entravèrent dans des sangles de cuir qui lui maintenaient chaque jambe fermement calée dans cette sorte d'attelle dont les parois internes étaient garnies de pointes. Puis l'un des bourreaux s'approcha d'un volant encastré dans le dossier du siège et commença à le tourner. Aussitôt les plaques de bois se resserrèrent autour des membres du prisonnier, faisant pénétrer dans sa chair les crocs acérés. La douleur ranima Stéphane Lefart qui hurla, se débattit, tenta de se redresser..., et finit par ouvrir les yeux...

Enfin réveillé, trempé de sueur, entravé dans ses draps, le jésuite réalisa alors qu'une étagère de livres venait de dégringoler sur le lit et lui écrasait les jambes. Au bord de l'asphyxie, il reprit d'abord longuement sa respiration, les yeux perdus au plafond de sa chambre mansardée. L'épreuve psychologique du cauchemar qu'il venait de vivre l'avait épuisé. Après quelques secondes de répit et de récupération, il se tortilla pour se dégager du drap que, dans ses aventures nocturnes, il avait en partie déchiré. Une fois ses bras libérés, il se redressa, s'assit et attrapa les livres pour les reposer à terre. Il comprit alors ce qui s'était passé : les pattes de fixation de la planche de l'étagère avaient succombé sous le poids d'un gros volume qu'il avait posé la veille au soir au-dessus des livres après l'avoir feuilleté. L'imposant tome trônait au-dessus des autres sur ses pieds. Il l'attrapa : le *Malleus Mallificarum*... Il s'agissait d'un vieux traité d'inquisition qui, durant des siècles, avait armé le bras de dizaines de bourreaux réguliers pour mener une chasse impitoyable contre de prétendues sorcières [1]. Le « marteau » venait de frapper une dernière fois. Le jésuite jeta l'ouvrage par terre avec un rictus de dégoût.

Dehors, le jour se levait à peine et la lumière filtrait timidement à travers le petit velux du toit. Tournant la tête vers son réveil, le « torturé de la nuit » lut sur le cadran six heures vingt-cinq. À huit heures, Gilles Novak et Régine Véran devaient passer le chercher pour l'emmener avec eux à Daoulas.

Il se leva, descendit l'échelle de meunier qui tenait lieu d'escalier et se rendit dans la cuisine pour se préparer un petit déjeuner « british »... mais se ravisa, par manque d'appétit. Il se contenta de se préparer une tasse de Ricoré — il avait récemment

1. Le *Malleus Mallificarum* (le « marteau des sorcières ») est le principal traité répertoriant tous les actes de sorcellerie avérée. Prétendant à l'exhaustivité, il était censé servir de référence pour les inquisiteurs. Imprimé pour la première fois en 1486, il fut écrit par Jakob Sprenger et Heinrich Kramer, deux religieux érudits, dominicains et eux-mêmes inquisiteurs, qui s'étaient illustrés par leur brutalité dans le Tyrol autrichien où ils « officierent » notamment. Par la rédaction de cet ouvrage, ils entendaient justifier leurs activités, et surtout, légitimer le recours à la torture contre les sorciers et sorcières. Il fit immédiatement autorité pour les procès en sorcellerie et ses nombreuses réimpressions témoignent de son succès.

opté pour ce breuvage, pour atténuer sa surconsommation de café — et se versa un bol de corn-flakes.

Il récupéra dans sa chemise le texte de son intervention au colloque « La religion face à l'irrationnel » qui devait se dérouler pendant ces trois jours de week-end de Pentecôte à l'abbaye de Daoulas. Le jésuite devait parler en début d'après-midi, ce samedi même, du « renouveau du paganisme », sujet qu'il avait particulièrement étudié et dont il était devenu un spécialiste. Dans un premier temps, après avoir décidé de quitter les ordres, il avait envisagé de ne pas participer au colloque, mais Gilles l'avait convaincu de renoncer à cette décision, car il savait que l'intervention du jeune homme pouvait être aussi intéressante que déterminante. Quant à lui, le journaliste néo-ésotériste parlerait deux jours plus tard, également après le déjeuner, des « OVNI et de la religion » — sujet particulièrement sensible depuis les « transits » meurtriers de différents mouvements sectaires en direction de la planète Sirius, notamment[1].

En lisant son texte tout en sirotant son bol fumant, le jeune homme se mit soudain à repenser aux péripéties de son rêve. Il ne parvint guère qu'à se remémorer la silhouette de moines... Ah, si, il y avait Cornaline. Elle avait l'air blessée, non ? Bah, ce n'était qu'un rêve... Elle devait s'apprêter tran-

1. Voir les affaires du Temple solaire ou du groupe Heaven's Gate en Californie.

quillement pour se rendre elle-même à Daoulas. Elle avait promis de venir. Cornaline !

À huit heures tapantes, Gilles et Régine, d'une ponctualité royale, vinrent chercher leur ami Stéphane.

CHAPITRE PREMIER

D791, samedi de Pentecôte, 29 mai, 8h20.

Le soleil était à peine levé au-dessus du Menez-Hom et inondait de sa douce lumière les bosquets de pins. Le 4 × 4 Nissan Patrol Turbo diesel vert de Gilles Novak venait de dépasser le carrefour de Tal-ar-Groas et filait sur la départementale 791 en direction du pont de Térénez. Le journaliste songea à son dernier passage sur cette route, à moto, avec son ami jésuite en passager derrière lui. Ils venaient de laisser sur la gauche la petite bifurcation menant au hameau de Kerazoret, direction qu'ils avaient pris ce jour-là — un mois plus tôt —, pour éviter un barrage de gendarmerie dans Tal-ar-Groas. Le directeur de *LEM* suivait alors une Renault Mégane grise, sortie de l'abbaye de Landévennec, qui allait les mener jusqu'à la base secrète de l'île des Capucins[1].

1. Voir SF Jimmy Guieu n° 120, *Ankou : la vengeance d'Ys.*

Gilles appuya sur un bouton et fit basculer le panneau dissimulant le lecteur de CD-radio et une rangée de disques compacts. Il en choisit un et l'introduisit dans le tiroir de lecture.

Des sifflements d'oiseaux s'échappèrent des enceintes. Doux, cristallins, mais pas totalement incongrus dans ce paysage de petit matin.

Le jésuite laissa passer près de trois minutes et posa la question qui lui brûlait les lèvres :

— Qu'est-ce que c'est que ce disque ? Un enregistrement de cris d'oiseaux ? Tu t'es découvert une passion pour l'ornithologie et tu te repasses en boucle leurs gazouillis ?

Le banneret pour les pays francophones de l'Ordre des Chevaliers de Lumière éclata de rire.

— Tu n'y es pas du tout... Mais en même temps, tu n'es pas complètement dans le faux. Tiens... dit-il en lui tendant le boîtier du disque. C'est un enregistrement que j'ai récemment reçu d'Écosse au journal, ajouta-t-il. Pas inintéressant...

Stéphane Lefart lut le titre : « The Kilmartin sessions. The sounds of ancient Scotland. » Tandis qu'il déchiffrait le dos de la boîte, Gilles continua son explication.

— C'est le musée expérimental de Kilmartin[1]

---

1. Kilmartin se trouve dans la plus vieille vallée d'Écosse, perdue au sud des Highlands. On y trouve quantité de vieux cairns, tumulus et autres sites sacrés ou inscriptions de l'âge du bronze. C'est là aussi que se dresse le fort de Dunadd qui serait l'ancienne capitale de la Dal Riatha écossaise et d'où proviendrait la « Pierre de la Destinée » (également appelée « Pierre de Scone ») sur laquelle tous les souverains d'Écosse

qui l'a réalisé. Tu trouves des musiques de l'âge du bronze jusqu'au VIe siècle de notre ère avec des musiques des moines christiano-celtes du sanctuaire d'Iona.

— Attends, s'étonna le jésuite dubitatif, ne me dis pas qu'ils ont retrouvé des partitions de l'âge du bronze !

— Mais non, sourit le journaliste.

— Encore que l'hypothèse ne serait pas totalement invraisemblable, intervint Régine, installée sur la banquette arrière, n'est-ce pas, mon chéri ? Les voyages temporels, on connaît ça. Nombreux dans les univers sont ceux qui maîtrisent les translations temporelles, à commencer par nos frères vahouns[1].

— Oui, sans oublier nos amis de l'avenir comme Blade et Baker qui, à bord de leur *Chronolyse III* équipé d'un chronodéphaseur, nous ont déjà

étaient couronnés et qui vient d'être rendue à l'Écosse en 1996 par la reine Elizabeth II. Les amateurs d'ésoterisme connaissent également bien cette vallée reculée — refuge idéal pour des proscrits —, car on trouverait dans le cimetière de la petite église de Kilmartin plusieurs tombes postérieures à la persécution contre l'Ordre du Temple suscitée par le roi de France Philippe IV le Bel, de Templiers qui seraient à l'origine de la Maçonnerie dite écossaise.

1. Voir notamment SF Jimmy Guieu n° 98, *La terreur venue du néant* (qui vit Gilles Novak projeté dans le passé pour y réussir certaines épreuves, qui lui permirent d'appartenir aux Grand Élus de l'Ordre cosmique et de devenir le banneret des Chevaliers de Lumière pour les pays francophones).

rendu visite [1] et pourraient fort bien le refaire. Tu as raison, mon ange, beaucoup dans les différents mondes de l'univers maîtrisent les techniques de translation spatio-temporelle. Mais, dans le cas présent, les choses sont plus simples. Les chercheurs ne sont pas partis d'airs hypothétiques, mais des instruments de musique primitifs découverts, comme des os d'oiseaux servant de flûtes, des cornes, des tambours de peau ou des galets résonnants.

Le véhicule tout-terrain atteignit l'embranchement permettant, à gauche, de gagner l'abbaye de Landévennec. Mais cette fois, il fila tout droit vers le pont suspendu de Térénez.

— Tu comptes toujours quitter la Compagnie de Jésus ? demanda Régine au moment où la voiture passait de l'autre côté de l'Aulne et que les passagers apercevaient l'anse de Penforn et son cimetière naval où des navires de la Marine nationale désarmés attendaient d'être désossés par les ferrailleurs.

— Oui, la Compagnie... et le christianisme même, probablement.

— Il y a du Cornaline là-dessous, avança le journaliste sans quitter la route des yeux.

— Non, absolument pas, rétorqua Stéphane. J'en conviens, elle aurait de quoi détourner le plus

---

1. Voir SF Jimmy Guieu n° 113. *L'Alliance des invincibles*.

saint ermite des voies du Très-Haut, mais elle est étrangère à ma décision. J'aurais quitté les ordres de toute façon. Trop de choses me gênent pour que je puisse poursuivre dans une voie que je sais n'être pas la bonne... pour moi en tous les cas. Et puis, Cornaline est si étrange, ajouta-t-il songeur, si sauvage. Je ne parviens pas à la comprendre. Après les événements qui nous ont permis de te récupérer, Régine, quand nous nous sommes retrouvés dans son penti, je la sentais proche de moi, amoureuse[1]. Depuis, nous ne nous sommes quasiment pas vus. Elle bat la campagne, se noie dans ses études, cherche probablement son « père » disparu — mais elle refuse toute aide, et souvent s'évapore totalement dans la nature, sans donner la moindre explication à son retour — et je me garde bien de l'interroger, car elle se braque immédiatement.

— Ah ça, tu as tiré un sacré numéro, plaisanta Gilles. Dans tous les sens du terme...

— Mais que vas-tu faire ? demanda alors Régine. Tu as prévenu quelqu'un de ton départ de la Compagnie ?

— Je n'ai rien officialisé. Profitant de ce mois pour souffler et faire le point, j'ai simplement téléphoné à mon ami le père Jean-Philippe Labeille. Vous vous souvenez de lui ?

— Mais tu vas devoir quitter ton travail.

— Je ne vois pas comment faire autrement, ma

1. Voir SF Jimmy n° 120. *Ankou : la vengeance d'Ys.*

chère Régine. Mais je le ferai avec joie. Comment veux-tu servir une doctrine en laquelle tu ne crois plus ?

— Et que vas-tu faire ? insista cette dernière.

Un simple signe de main accompagné d'un gonflement des joues lui fit comprendre que Stéphane n'avait aucune idée concernant son avenir.

— Tu sais que j'envisages depuis pas mal de temps de développer la revue et de monter une véritable maison d'éditions pour publier des ouvrages, indiqua Gilles.

— Et tu aurais besoin de moi ?

— À ton avis, je t'en parle pourquoi ?

— Ce serait super !

— Mais tu crois qu'ils vont te lâcher sans mal ? fit remarquer le responsable français des Chevaliers de Lumière. Visiblement, tu leur étais utile puisqu'ils te conservaient malgré toutes tes « extravagances », *a fortiori* dans un poste aussi sensible que la Congrégation pour la doctrine de la foi. Et tu sais beaucoup de choses. Beaucoup *trop*, en tous les cas.

— C'est la grande question. On verra.

Le 4×4 traversa rapidement la petite cité ancienne du Faou qui s'animait à cette heure matinale, puis la voiture s'engagea sur la voie rapide Quimper-Brest. Une Mercedes noire à vitres fumées les dépassa à vive allure.

Abbaye de Daoulas, 8h45.

L'ancienne abbaye était située sur la hauteur de Daoulas[1]. Gilles arrêta son véhicule sur le parking situé à proximité de l'entrée. Les organisateurs avaient bien fait les choses et réservé cet emplacement aux intervenants et responsables de la manifestation. Les autres participants et spectateurs de la rencontre devaient se garer, eux, en bas de la colline, sur un plus vaste parking en bordure de la rade de Daoulas.

Les trois amis remontèrent la rue en pente. Face à eux, ils apercevaient la masse d'un ancien portail monumental de l'abbaye, surmonté d'un clocher. Ce devait être une des anciennes portes principales de l'église, aujourd'hui en ruine. L'abbaye de Daoulas était désaffectée depuis des siècles et ne servait plus que de centre de congrès ou d'expositions. Chaque année, elle accueillait de prestigieuses exhibitions, alternant, d'un an sur l'autre, exposition sur la Bretagne ou les Celtes et exposi-

1. Pour l'anecdote, on a longtemps avancé comme étymologie de Daoulas, *daou laz*, c'est-à-dire « deux meurtres » (en l'occurrence l'assassinat de deux prêtres chrétiens par le seigneur païen du Faou qui, en « expiation de ses péchés », aurait fait construire un monastère. La réalité est naturellement beaucoup plus simple. Comme l'explique Gwenc'hlan Le Souezec, « en moyen breton, *las* veut dire "vallée", si bien que Daoulas, situé au confluent de deux rivières, doit se comprendre comme les "deux vallées". » (*Le Guide de la Bretagne*, Beltan/Breizh, Brasparts/Spézet, 1989, p. 187.)

tion sur des thèmes étrangers, de la Russie des tsars à la Chine des empereurs.

Gilles, Régine et Stéphane se dirigèrent vers le centre d'accréditation à l'entrée de l'abbaye pour retirer leur badge et prendre le programme du colloque.

— Gilles Novak, se présenta le journaliste.

La jeune hôtesse consulta son listing :

— Ah oui, tout à fait, monsieur Novak.

Elle tendit une valisette estampillée au logo de l'abbaye et contenant différentes informations, des prospectus touristiques et le programme. Puis elle trouva dans une boîte le badge au nom du conférencier et le délivra à l'intéressé.

— Régine Véran !

— Oh, madame Véran, je ne trouve pas votre nom. Quand devez-vous intervenir ?

— Je ne suis pas conférencière, mais photographe pour la revue *LEM*, dit-elle en donnant une tape sur le sac contenant ses appareils.

— D'accord, alors vous devez vous adresser à l'accueil Presse, indiqua obligeamment la jeune fille en désignant de la main sa collègue à côté d'elle.

— Et moi, je suis Stéphane Lefart.

L'hôtesse reprit son listing.

— Ah, monsieur Lefart, c'est vrai. Nous pensions que vous ne veniez plus, s'étonna-t-elle.

— Comment, je ne venais plus ? Quelle idée ?

— Oui, votre nom a été rayé.

— Ça, par exemple ! vous permettez ?

Le jésuite tourna le registre des noms et constata

qu'effectivement son nom dans le programme avait été remplacé par celui du père Réginald Virbot.

— Un dominicain ! Le comble, fulmina-t-il. Pourquoi pas Trouslard, pendant qu'on y est, qui voit des sectes partout...

— Mais il est là, fit naïvement la jeune fille. Il doit intervenir demain.

Interloqué, Stéphane Lefart regarda Gilles qui écarta les mains dans un geste d'incompréhension, puis se retourna vers l'hôtesse.

— Bon, mais maintenant je suis là, fit remarquer le jeune homme. Alors que fait-on ?

— Je suis désolé, mais je ne peux rien faire, répondit la jeune fille. Vous pouvez peut-être acheter une entrée si vous voulez assister au colloque...

— C'est une plaisanterie ! intervint Gilles Novak sur un ton sans réplique. Ce n'est pas une question d'entrée : mon ami Stéphane Lefart *devait* faire un exposé. Je ne sais par quel manipulation il se retrouve barré de votre liste, mais il est hors question qu'il n'intervienne pas. Il a préparé son texte et...

— Il y a un problème ? s'enquit un homme en veste grise, arrivant du parc.

— Monsieur Lefart est là et il a été supprimé du programme, expliqua la jeune hôtesse.

— Bonjour, messieurs ! Gérard Caillefort, administrateur du colloque. Oui, je connais votre problème, monsieur... ou plutôt mon père, je crois. Vous êtes de la Compagnie de Jésus ?

Le jésuite acquiesça de la tête avec un rictus crispé.

— Je ne comprends pas ce qui se passe. Nous avons reçu hier un appel, immédiatement confirmé par fax, nous indiquant que vous ne participiez plus.

— Un appel de qui ?

— De vous. Et le fax était envoyé du Centre Sèvres [1]. Vous voulez que j'aille vous le chercher ?

Lefart leva la main dans un geste d'inutilité :

— Cela fait un mois que je n'ai pas mis les pieds à Paris, et je peux vous assurer que je n'ai pas appelé hier...

— Stéphane ! s'exclama une voix derrière lui.

— Ah, Jean-Philippe ! On peut dire que tu tombes bien ! Figure-toi qu'on m'a supprimé du programme, suite à un invraisemblable appel téléphonique.

— Je sais, répondit le père Jean-Philippe Labeille.

— Tu sais ? s'étonna l'autre.

— Oui, c'est même un peu à cause de ça que je suis là...

— À cause de ça ? Ça veut dire quoi, ça ? fulmina le jeune homme.

— Attends.

Le père Labeille retira son accréditation auprès de l'hôtesse et entraîna par le bras son ami Lefart vers le parc, au-delà du portillon d'entrée.

— Excusez-moi, intervint la jeune fille. Mais ce monsieur n'est pas inscrit et n'a donc pas eu de badge.

---

1. L'un des sièges de la Compagnie de Jésus, rue de Sèvres à Paris.

Jean-Philippe Labeille se retourna vers Gérard Caillefort.

— J'en prends la responsabilité. Il n'a jamais été question de lui interdire l'accès du colloque, mais simplement d'annuler son intervention. Pour l'instant au moins...

L'organisateur fit un petit signe d'assentiment à l'attention de sa collaboratrice qui établit un laissez-passer au nom de Stéphane Lefart.

— Bon, tu vas m'expliquer maintenant, maugréa ce dernier après que les deux jésuites se furent écartés du comptoir d'accueil, suivis à quelque distance par Gilles et Regine.

— Ça a chauffé, en haut lieu. On peut dire que tu as fait sensation. Et ce n'est sans doute pas fini.

— Mais quoi ? Qu'est-ce que l'on me reproche encore ? Mes vacances prolongées ?

— Oui, tu peux le dire. Pas ton petit mois au soleil armoricain, mais ta demande de démission de la Compagnie.

— Quoi ça ?

— Eh oui... Ça.

— Mais comment savent-ils ? Je n'en ai pour l'instant parlé à personne... enfin sauf à toi.

Fixant son coréligionnaire — pour quelque temps encore tout au moins —, le père Labeille demeura silencieux. Stéphane Lefart se crispa, son visage se déforma comme sous l'effet d'une douleur intense dans le crâne et se prit les tempes à deux mains. À cet instant deux hommes en noir, lunettes opaques sur le nez, se glissèrent dans l'allée à côté des deux prêtres avant de s'éloigner rapidement vers une mare aux canards.

— Qu'est-ce qui t'arrive ?

— Rien. Comme une vrille me pénétrant le cerveau. Mais c'est passé.

Lefart regarda à son tour avec intensité son aîné. Sans pouvoir préciser ses idées qui se fracassaient entre bulbe rachidien et globes cervicaux, il éprouvait une curieuse sensation : c'était comme s'il avait déjà vécu cette scène, comme si la quasi-trahison de son camarade lui était déjà familière. Soudain, comme un éclair fulgurant — qui de nouveau lui infligea une brève décharge dans la tête —, des réminiscences remontèrent de la nuit.

Le rêve, songea-t-il. *Il était là... Et j'y étais aussi...*

Des images de tortures, de souffrances, lui revenaient, sans qu'il puisse clairement organiser l'architecture d'ensemble. Qui souffrait ? Quelle était la part de responsabilité de Jean-Philippe ? Qu'avait-il fait ? Surtout : était-ce un simple rêve... ou un songe prémonitoire ?

— Tu m'as trahi ! lâcha-t-il.

— Absolument pas, Stéphane ! Tu sais bien que jamais je ne l'aurais fait. Mais, pour le bien de tous — et d'abord le tien —, il me paraissait essentiel de ne pas différer la divulgation de cette information. Tu ne me semblais pas en mesure de le faire toi-même... Et puis ta façon de me parler de cette femme... cette... Cornaline, je crois.

— Mais, de quel droit t'es-tu immiscé dans ma vie ? Qui t'a autorisé à parler à ma place ?

— Tu t'égares, mon frère... Et ta réaction en ce moment en est bien la preuve, hélas !

— Peut-être que je disjoncte... mais je préfère ça à ta fausse maîtrise destructrice et hypocrite. Et pour tout te dire, je ne crois franchement pas disjoncter. Mais poursuis ton explication : on me bâillonne parce que je veux quitter la Compagnie, c'est ça ?

— Parce que tu veux quitter la Compagnie, oui, et les ordres, et la sainte Église catholique apostolique et romaine. Pour ça donc... et pour tout le reste. On craint en haut lieu ce que tu peux raconter.

— En haut lieu ?

— En *très* haut lieu.

Les yeux écarquillés, Stéphane Lefart contempla perplexe son compagnon. Puis il éclata de rire.

— On nage en plein roman, mon vieux ! Tu lis trop. Tes Moorcock, Lovecraft, Merritt et consorts t'ont tourné la tête.

Ils étaient parvenus à une petite chapelle-oratoire sous les arbres. Lefart posa le pied sur une margelle, bordant la fontaine sacrée. Gilles et Régine se rapprochèrent des deux hommes. La jeune femme avait son Pentax reflex en bandoulière, prêt à fonctionner.

— Alors, Jean-Philippe, que veulent dire toutes ces manœuvres indignes ? demanda Gille offusqué. Ne me dis pas que tu en es directement responsable ?

L'interpellé afficha une mine déconfite. L'air

gêné — de plus en plus gêné même — il se lança dans une série d'explications qui semblaient le plonger dans des offres insondables. Une logorrhée — « chicorée » aurait dit l'ami Daniel Huguet, hypnotiseur de profession et de vocation, distingué plaisantin du commando Alpha des Chevaliers de Lumière et néanmoins redoutable combattant —, une logorrhée verbale s'abattit alors sur Stéphane, Gilles et Régine. Le père Labeille s'envolait dans d'intenses déclarations exaltées, puis retombait dans un silence contrit, rougissant de plus belle, se grattant le crâne, puis tentant une nouvelle justification, sans que ses interlocuteurs sachent bien où il en était et *a fortiori* où il voulait en venir. La grandeur architecturale et artistique en général de 2000 prétendues années de christianisme se mêlaient à la difficulté des liaisons ferroviaires pour venir à Daoulas ; les recherches sensibles de la Congrégation pour la doctrine de la foi télescopaient l'excellent dîner de réveillon qu'ils avaient partagé dans le castelas de leur ami Jean de Galice[1] — et à propos, que devenait l'aimable châtelain informaticien et sa non moins délicieuse amie Monique Augeix ? s'enquit-il au passage — ; les centres d'intérêts hétérodoxes de Stéphane Lefart se confondaient avec une vague d'OVNI repérée en presqu'île de Crozon ; et le jeune jésuite devait comprendre qu'il ne pouvait quitter ainsi les ordres avec tout ce qu'il savait, qu'il ne pouvait intervenir

1. Voir SF Jimmy Guieu, n° 118, *Les Brumes de l'effroi*.

ès qualités dans un colloque alors qu'il voulait se mettre en réserve de la Compagnie, qu'il ne pouvait décemment pas céder devant les charmes hypothétiques d'une créature de la race d'Ève, et ainsi de suite...

Les trois témoins du déluge syntaxique se regardaient perplexes.

— Bon, bon, intervint le journaliste, levant les deux mains en profitant de l'une des pauses du père Labeille. Résumons : tu nous dis que notre ami Stéphane n'a pas le droit de quitter les ordres et qu'en même temps, il n'a pas le droit de parler dans un colloque en se présentant comme religieux ? Allons, allons ; tout cela n'est pas sérieux. D'autant que c'est en qualité de spécialiste de son sujet que Stéphane va intervenir, pas en qualité de représentant de l'Église et si je ne m'abuse, cela a toujours été très clair.

— Oui, mais on ne peut pas faire l'économie du fait qu'il soit jésuite, répliqua le religieux.

— Qu'il *fut* jésuite et soit sur le point de quitter la Compagnie, rectifia le directeur de *LEM*.

— Désolé, mais nous n'en sommes pas là, répondit le père Labeille.

Le ton montait insensiblement.

— Chut, fit Gilles Novak en levant la main droite.

D'un sentier venant de la lumière surgirent à nouveau deux hommes en noir, portant lunettes de soleil sombre. Ils passèrent lentement près du quatuor sans faire mine de les remarquer.

— Ce n'est pas la première fois que je les vois se couler comme ça, l'air de rien, à côté de nous, releva Stéphane alors que les « Dupont-Dupond » s'éloignaient.

— Bizarre, tout de même, nota le journaliste. Ils n'ont pas l'air de faire d'efforts pour se cacher s'ils surveillent l'un de nous. Mais revenons aux choses sérieuses ; le colloque ne va pas tarder à commencer. Et le plus pressé, c'est l'intervention de Stéphane. Tu te débrouilles comme tu veux, Jean-Philippe, mais tu fais en sorte qu'il soit réintégré dans le programme.

— Mais je ne peux pas comme ça... Sans garantie que...

— Tu le réintègres, le coupa Gilles. Le reste, ce n'est pas notre problème. Tu l'as honteusement trahi...

— Mais non, s'offusqua le jésuite.

— Bien sûr que si ! gronda Régine.

— Il te faisait confiance en te révélant un secret, et tu t'es empressé d'aller tout raconter. Appelle ça comme tu veux, mais maintenant tu te débrouilles pour réparer.

— Si je n'avais rien dit, ce serait pire... *Ils* ont Stéphane dans le collimateur à cause de la disparition du père Le Du. Mais *ils* me tiennent aussi...

— Arrête, tu vas nous faire pleurer ! fulmina Régine.

— Le colloque commence dans moins de dix minutes, conclut le chef du commando Alpha de l'Ordre cosmique. Nous allons nous diriger tranquillement vers la salle. Toi, tu fonces voir les organisateurs et tu leur dis que tout est arrangé et que Stéphane Lefart reprend sa place. Après tout, tu étais bien venu pour négocier sa réintégration, non ? C'est ce que tu nous as dit en arrivant.

— Mais... tenta le père Labeille.

— Tu y vas, l'arrêta sèchement le journaliste en lui désignant du doigt l'entrée de l'abbaye.

Penaud, le jésuite s'en alla d'un bon pas vers le centre d'accréditation.

— Quelle histoire ! siffla Régine.

— Et dire que j'avais envisagé de ne plus participer à ce colloque, rappela Stéphane Lefart. Cela aurait arrangé bien des choses.

— En tout cas, indiqua Gilles, il n'en est plus question. Tu dois intervenir, ne serait-ce que parce qu'on a voulu t'en empêcher.

Les trois amis ressortirent de l'ombre des arbres pour surgir dans le plein soleil d'une superbe matinée.

— Dommage d'aller s'enfermer par un si beau soleil, s'affligea la jeune femme en appuyant sur le déclencheur de son appareil.

Face à eux s'étalaient la surface des bâtiments modernes du centre d'expositions de l'abbaye. Sur la droite, le terrain descendait en pente douce vers une mare entourée de roseaux et peuplée de canards et cygnes. Un petit pont de bois était jeté sur le ruisseau donnant sur le plan d'eau.

À gauche de la mare, sur le grand parterre d'herbe, s'élevait une curieuse structure de bois.

Quatre doubles poutres verticales soutenaient quatre linteaux avec des extrémités en forme de corne.

— Qu'est-ce que c'est ? s'enquit la photographe, l'œil dans le viseur de l'appareil, alors que le trio s'en approchait.

— La reproduction d'un temple germanique païen, expliqua Stéphane, connaissant déjà le parc de l'abbaye. L'original se trouvait sur le territoire de l'actuelle Hollande. À l'origine, cette reproduction avait été dressée ici pour une exposition, il y a une dizaine d'années, et il ne l'on jamais enlevée. Tiens, regarde, tu as tout le détail ici.

Le jeune homme attirait l'attention vers un petit panneau explicatif[1]. La structure avait quelque chose de majestueux et de sauvage. Comme si paradoxalement, il formait le cœur du sanctuaire de Daoulas.

— J'aime ces détours paradoxaux de l'Histoire, commenta le journaliste : le vieux paganisme

---

1. Voici le texte complet du panneau que Régine et Gilles purent lire alors : « Le Temple de Bargeroosterveld. Datant de 1250 avant JC environ, consacré au culte du taureau, il est découvert au Pays-Bas en 1957 lors de fouilles archéologiques. Au centre d'une enceinte circulaire de pierres, deux grosses planches de chêne supportent huit piliers de bois : au sommet des piliers verticaux sont fixés quatre linteaux horizontaux dont les extrémités rappellent des symboles cornus. Des supports en bois permettaient de présenter des offrandes. Cette réalisation fut réalisée (sic !) dans le cadre de l'exposition « L'Europe de l'âge du bronze » en 1988. »

revient au cœur d'un ancien lieu de culte chrétien. Comme quoi la religiosité authentique se moque des étiquettes et parvient toujours à réaffirmer ses droits.

— Mais ce n'est pas le seul détail païen dans le parc, fit remarquer Stéphane. Vous avez dû voir au bord des chemins tous ces ex-voto ou monuments de pierre archaïques, reproduisant d'anciennes divinités.

— J'ai noté que plusieurs ressemblaient à des lingams phalliques orientaux, approuva le journaliste.

— Tout est en boîte, appuya sa compagne en donnant une petite tape sur le boîtier de son Pentax.

L'heure de l'ouverture des travaux était proche. De tous les coins du parc et de l'allée arrivant de l'entrée, chacun se hâtait de rejoindre le lieu du colloque, à l'intérieur du bâtiment.

— Cornaline doit venir ? s'enquit Régine.

— J'espère, répondit Stéphane. Avec elle, c'est toujours difficile de savoir. Elle a promis de venir, mais cela fait une semaine que je ne l'ai pas eue.

— Tu veux mon portable ? proposa la photographe.

— Merci. Pas maintenant. Je verrai à midi si elle n'est pas arrivée.

Plus ils approchaient des bâtiments, plus les têtes familières étaient nombreuses. Les spécialistes des religions avaient de fréquentes occasions de se retrouver dans différents colloques ou réunions. Les trois amis saluèrent Yves Monnin, l'auteur d'ouvrages aussi hermétiques qu'esthétiques comme *Le manuscrit des paroles du druide*, toujours entouré d'une cohorte d'admirateurs et surtout d'admiratrices, folles de sa barbe d'une blancheur immaculée. Plus loin, le spécialiste helvétique des nouveaux mouvements religieux, Jean-François Mayer, expert auprès de la police confédérale dans les affaires de l'Ordre du Temple solaire, devisait avec son collègue transalpin Massimo Introvigne, grand avocat international et non moins grand sociologue des religions.

— Jean-Paul ! héla le futur ex-jésuite.

L'interpellé se retourna.

— Stéphane ! Tu es là ! J'avais cru comprendre que tu ne venais plus et que l'on t'avait remplacé dans le programme.

— Non, non, une simple péripétie, mais tout devrait rentrer dans l'ordre.

— Je m'en réjouis. Je suis impatient d'entendre ton intervention.

Jean-Paul Scot avait pour spécialité la Witchcraft, plus communément appelée Wicca[1]. Il devait parler l'après-midi même, juste après le jésuite, au cours de la session consacrée au néo-paganisme.

---

1. Logiquement, on devrait traduire Witchcraft, par « sorcellerie » et Wicca par « religion des sorcières », si ce n'est que le terme « sorcier » ou « sorcière » a, en France, une connotation beaucoup plus négative que ne l'a le mot *witch* en Angleterre (dont l'étymologie remonte à une racine signifiant « connaissance »). C'était d'ailleurs, l'un des objets de l'intervention de Jean-Paul Scot que d'évoquer ces ambiguïtés terminologiques.

— Dommage que le colloque soit surtout franco-français, regretta Scot. J'aurais aimé avoir la réaction de spécialistes anglo-saxons sur nos travaux respectifs.

— You-hou, les copos !

Une voix familière venait de mettre un peu d'entrain au-dessus d'une congrégation très sérieuse. Bien des têtes s'étaient retournées pour regarder l'impudent qui se manifestait ainsi.

Régine et Gilles n'avaient quant à eux même pas eu besoin de voir le propriétaire de la voix pour l'identifier.

— Salut Daniel ! Salut vous autres !

Les deux Chevaliers de Lumière accueillirent avec une joie non dissimulée leurs frères et sœur dans l'Ordre, Daniel Huguet, Alain le Kern, Monique Augeix et Jean de Galice. Ils échangèrent rapidement la triple accolade fraternelle.

— Vous avez fait bonne route ? demanda le banneret de l'Ordre.

— Sans problèmes, expliqua Alain, notre frère Shorung-N'Taal nous a déposé à quelques kilomètres de Daoulas. Il suivra le colloque depuis le *CDL 9*.

— *Je vous salue, sœur Régine et toi, frère Gilles.*

— *Salue à toi, frère Shorung*, renvoyèrent de concert par la même voie télépathique le journaliste et sa compagne.

Nul doute que le Vahoun aurait fait sensation avec sa haute taille, son crâne protubérant et sa peau bistre s'il s'était présenté à l'accueil du colloque.

— Quel plaisir de vous voir ici, ajouta la photographe. Surtout vous, Monique et Jean. Cela fait si longtemps que l'on ne s'est pas vus. Et ces vacances ?

— Super ! répondit l'artiste-peintre toulousaine, la mine réjouie et la main enfouie dans celle de son amant châtelain.

Le jeune jésuite vint à son tour saluer ses amis Chevaliers.

— Alors, on va bientôt t'initier dans l'Ordre, si j'ai bien compris ? lui dit Alain le Kern.

Stéphane Lefart sourit en hochant la tête.

— Pressons-nous, invita Gilles Novak. Nous allons nous faire remarquer si nous entrons ainsi en force les derniers.

Ils traversèrent rapidement un grand hall où une exposition liée au thème du colloque resterait présentée jusqu'à la fin de l'été. Lors d'une pause, les Chevaliers de Lumière en profiteraient pour la visiter. Dans une petite pièce attenante, ils aperçurent un buffet dressé où trônait en bonne place une rangée de magnum Taittinger Brut réserve.

— Bonne idée, pensa le directeur de *LEM*, mais ils auraient pu les garder au frais, en attendant de les ouvrir.

La grande salle de conférences avait été aménagée pour contenir près de cinq cents personnes. Elle était déjà quasi pleine avant même le début de la rencontre, ce qui annonçait une assistance record l'après-midi et notamment le dernier jour avec les interventions-phares, dont celle de Gilles Novak. Les sept amis trouvèrent encore quelques places libres dans les derniers rangs. Avant que le silence ne se soit imposé, les présents en profitaient pour se héler, se congratuler... La plupart des participants avaient l'air de se connaître... pas forcément de s'aimer. Dans ces milieux de spécialistes, les clans étaient nombreux et les haines vivaces. Stéphane Lefart salua Paul-Georges Sansonetti — grand connaisseur du Graal et des mythes arthuriens — et Jean-Pierre Laurant — l'un des spécialistes français de René Guénon —, qui avait été son professeur à l'École Pratique des Hautes Études de la Sorbonne, section des Sciences religieuses. Et non loin des érudits, le jésuite avisa deux têtes sombres : les deux hommes en noir, impassibles et silencieux, autant à leur place dans cette assemblée qu'un nuage de chantilly sur des sardines à l'huile !

À neuf heures trente précises, le colloque s'ouvrit sous la présidence du professeur Antoine Faivre. Le Président d'honneur, l'évêque de Quimper, s'était fait excuser : en ce week-end de Pentecôte, il lui serait difficile d'être présent avant le lundi, mais se réjouissait de venir assister aux débats de clôture.

Les allocutions commencèrent. Au bout d'un quart d'heure, les Chevaliers de Lumière commencèrent à s'entre-regarder. Le caractère lénifiant du premier orateur augurait mal de la suite. Gilles et ses amis attendaient surtout les échanges qui devaient suivre chaque intervention : dans une assemblée aussi contrastée, ils promettaient de l'animation.

Effectivement, dès le premier débat concernant des problèmes terminologiques à propos de la définition de « nouveau mouvement religieux », un acrochage opposa le professeur Roberte Hamayon — ethnologue et spécialiste du chamanisme — à Massimo Introvigne, sociologue, et Jean-François Mayer, se présentant comme hérésiographe.

La première reprochait aux deux autres de trop s'investir dans les sujets qu'ils étudiaient, de ne pas garder assez de recul, alors que, précisément, ces derniers reprochaient à l'ethnologue — un quasi-sosie de Françoise Sagan, fumant cigarette sur cigarette — de ne pas assez s'impliquer.

— Enfin, du sport ! glissa Gilles à l'oreille d'Alain.

Mme Hamayon reprocha à MM. Mayer et Introvigne leur jeune âge — une quarantaine bien sonnée tout de même — qui les empêchaient, selon elle, de pouvoir parler : pour connaître un sujet, disait-elle, il fallait au moins être resté deux ans au milieu d'une communauté étudiée.

— Oh, mais si je ne m'abuse, vous n'êtes restée que deux mois au milieu du dernier groupe de chamanes que vous avez étudié en Alaska, lui répliqua Jean-François Mayer de son délicieux accent chantant helvétique. Quel manque de sérieux !

Roberte Hamayon répondit en tournant le dos à l'impudent.

S'il vous plaît, s'il vous plaît ! pria l'orateur,
venant pas à obtenir le silence.
résident de séance agita une petite sonnette
alme finit par revenir.
Ces propos vous ont interpellés et, semble-
ous vous êtes mépris. *Ils n'étaient point de*
ppela Stéphane, mais, comme je l'ai précisé,
ambule, du père Jean-François Six, ancien
ur de la revue *Études*, à laquelle j'ai eu la
d'appartenir, et c'est dans sa revue qu'il
donc ses propos en avril 1983, dans un article
au renouveau du paganisme. Cette citation
raissait parfaitement idoine pour introduire
ntervention sur cette question extrêmement
le du réveil du paganisme dans le monde
urd'hui. Vos réactions me prouvent que je ne
is pas trompé.
ès cette entrée tonitruante, le jeune érudit
a son brillant argumentaire pendant plus de
minutes et l'acheva sous des applaudisse-
nourris. Les auditeurs n'avaient certainement
us été convaincus de l'intérêt du paganisme
tous en avaient compris l'importance
lité dans la société moderne que l'on
né aux antipodes de ces préoccupat
nent archaïques.
phane laissa la place à son
Le jésuite chercha des yeux
e leurs regards se croisè
la mine de son frè
pour peu de temp

— Ah, ça c'est du débat universitaire comme je les aime, applaudit Daniel Huguet, qui, en réalité, s'en moquait éperdument, étant venu à Daoulas essentiellement pour retrouver ses amis.

À mesure que les minutes passaient, Stéphane se tortillait sur sa chaise, tendant désespérément le cou vers la porte pour voir si la blonde chevelure de Cornaline ne surgissait pas. Mais les heures succédèrent aux minutes et les orateurs ternes aux spécialistes empesés.

À la pause de dix heures quarante-cinq, le père Labeille s'approcha de son ami — provisoirement peut-être ex-ami — et lui dit que tout était arrangé : il parlerait comme prévu en début d'après-midi. Le jésuite affichait une mine défaite, mais le sourire qu'il adressa à Stéphane paraissait empreint de chaleur.

À midi, avant même la fin des débats, le jeune homme n'y tenant plus emprunta le téléphone cellulaire de Régine et sortit appeler. Il composa le numéro du penti de son amie à Montourgar. La sonnerie s'éternisa dans le vide. Elle n'avait naturellement pas de portable, mais il aurait eu du mal à lui jeter la pierre, n'étant pas lui-même un adepte de ces « pollueurs sonores ».

Il revint la mine dépitée dans la salle. Aucun des Chevaliers de Lumière — pas même Daniel et ses pitreries méridionales — ne parvint à le tirer de ses sombres pensées pendant la pause-déjeuner.

Il était le premier à intervenir en début d'après-midi. Juste avant de rentrer dans la salle de conférences, Labeille le tira de côté.

— Tu sais, ils vont t'interroger sur la disparition de Le Du. Ils sont persuadés que tu y es pour quelque chose... ou tout au moins que tu sais quelque chose. Prends garde à toi.

Le jeune homme, trop préoccupé par sa conférence et par le silence radio de son amie, ne répondit même pas et s'avança dans les travées pour gagner la table des orateurs de l'après-midi. La tête ailleurs, il n'entendit pas qu'on l'invitait à se rendre au pupitre.

— Père Lefart ?

— Hein ? Ah euh, oui...

Il ramassa ses notes, se leva et s'approcha du micro. D'un ample coup d'œil, il embrassa la salle comble. Des spectateurs restaient debout contre le mur du fond. Mais nulle trace de Cornaline Le Coz.

Il inspira et commença.

— En avril 1983, Jean-François Six écrivait ceci : « La greffe judéo-chrétienne, en France, a-t-elle jamais vraiment pris sur l'arbre païen ? Le rejet n'est-il pas toujours prêt à se manifester ? »

Installé au fond de la salle, le père Labeille commença à pâlir.

— « Il y a une aspiration beaucoup plus profonde et vive qu'on ne le croit, à effacer vingt siècles de judéo-christianisme. Car cette racine, beaucoup veulent l'extirper, se disant qu'au fond elle leur est étrangère. Nous avons cru pendant des siècles, que nous avions baptisé des peuples et des cultures et nous nous sommes reposés dans cette certitude et cette notabilité. »

Le visage du père Labeille
l'enfouit dans ses deux mains.
Chevaliers de Lumière étaient
CDL 9, le Vahoun Shorung
réjoui, s'était ouvert une bo
Malescot Saint-Exupéry 1995 e
verre à la santé, du conférencie

— « Nous nous apercevons,
le jésuite, que l'annonce de l'É
sans cesse et qu'elle rencontre
beaucoup d'obstacles ; que la fo

Le jeune jésuite fit une pau
suivre :

— « ... n'est pas naturelle à l'I
les croyances du paganisme lui s
turelles... »

Un brouhaha secoua l'asse
applaudissements fusèrent mêm
propos peu amènes montaient
l'encontre de l'intervenant.

— « ... qu'un nouveau paganis
s'emparer de l'Europe avec ses
liturgies, et qu'il écarte insensibl
nisme. »

C'est sous une cacophonie de
ue le jeune homme acheva sa
pe Labeille s'épongeait le fr
ir. Gilles souriait. Daniel et M
re. Jean de Galice, du haut
se, esquissait un petit sour
t derrière un discret inde

—
ne par
Le
et le c
—
t-il, v
moi, r
en pr
direct
fierté
tenait
relati
me p
une
sensi
d'auj
me s
Ap
dérou
trente
ments
pas t
mais
l'actu
imagi
tendu
Sté
Scot.
lorsqu
cevan
Jésus.

Au moment de la pause, le jeune homme quitta l'estrade pour rejoindre le parterre. Il avait à peine mis le pied sur le carrelage qu'il vit deux silhouettes sombres lui barrer le chemin. L'un des deux croque-morts avança un petit appareil rectangulaire de sa gorge. Un émule du père Trouslard ? songea le jésuite, pensant au fanatique religieux anti-sectes qui, victime d'un cancer de la gorge, ne pouvait plus s'exprimer que par le biais d'un démodulateur-amplificateur de voix.

Parfaitement glacial, l'homme s'adressa à Stéphane Lefart :

— Félicitations. Content de vous ? dit une voix métallique, insistant sur chacune des syllabes.

Pas un muscle de son visage ne bougeait, à l'exception d'un infime mouvement de ses lèvres.

— Terminator ? interrogea Stéphane.

L'autre ne comprit apparemment pas l'ironie de la question et demeura impassible.

— Cancer ? continua le jeune homme en tendant le doigt.

— Non. Gémeaux.

— Je ne vous demandais pas votre signe astrologique.

— Signe... astrologique ? eut l'air de réfléchir l'inconnu.

— Le signe astral de votre date de naissance, enfin.

— J'ignore ce dont vous parlez.

— Mais alors, Gémeaux, c'est quoi, pour vous ?

— *La constellation dont nous venons.*

Malgré sa fréquentation des Chevaliers de Lumière, le jésuite peu habitué à cette irruption de la réalité extraterrestre dans son univers familier, demeura un instant bouche bée. Mais avant qu'il ait pu réagir, poser une question, l'homme en noir poursuivit :

— Cornaline. Vous... avez... une... amie... a-ppelée... Cor-na-line.

Stéphane fixa les lunettes noires derrière lesquelles il était impossible d'apercevoir les yeux.

— Nous la voulons.

— Rien que ça ! intervint Gilles Novak qui arrivait pour féliciter son ami.

— Nous la voulons, répéta le MIB [1].

— Écoutez, messieurs, ne voyez là aucune mauvaise volonté de ma part, expliqua Stéphane à moitié hilare, mais, comme vous pouvez le constater, elle n'est pas là. Et croyez bien que je le regrette.

— Nous la voulons, réitéra l'étranger en avançant une main de fer vers le cou du jésuite.

L'étau se resserra sur la gorge, soulevant le jeune homme et l'obligeant à se tenir sur la pointe des pieds. Simultanément, Gilles, Daniel et Alain sortirent leur multirays, dont ils ne se séparaient pratiquement jamais. Dans un tel environnement, il était difficile d'en faire usage avec toute sa puissance désintégratrice, voire simplement paralysante. Comme un seul homme et sans se concerter,

---

1. *Man In Black*, « homme en noir », dans la terminologie ufologique.

en une fraction de seconde, ils positionnèrent l'arme sur la fonction décharge et l'appliquèrent discrètement contre l'agresseur. Celui-ci ne broncha pas. L'autre s'avança à son aide et abattit une main aussi puissante sur l'épaule d'Alain. Le géomancien-analyste se retourna et braqua son canon vers le ventre de son adversaire. Les deux autres forcèrent l'amplitude des ondes électriques projetées. Des arcs et éclairs bleutés auréolèrent un instant la silhouette noire et se prolongèrent le long du bras jusqu'au visage rougissant du père Lefart. Les doigts de fer se desserrèrent légèrement, mais suffisamment pour que Monique et Jean, arc-boutés, arrachent leur ami à l'étreinte mortelle.

— Nous... voulons... Cornaline. Et les clés. Vous savez de quoi nous voulons parler.

Les deux hommes commencèrent à s'éloigner, alors que Stéphane retrouvait ses esprits et son souffle, assis sur les marches de l'estrade. Régine lui tendit une petite bouteille d'eau.

— Nous voulons Gradlon aussi. Nous reviendrons, lança l'inconnu avant de disparaître.

Une seconde interdits, Gilles, Alain et Daniel, voyant que leur ami était en de bonnes mains, se lancèrent à la poursuite des inconnus.

Ils les aperçurent qui approchaient de la sortie de l'abbaye. Les trois Chevaliers, main droite dans la poche de leur parka pour dissimuler leur multirays, coururent pour remonter l'allée. Après avoir franchi le portillon, ils revirent les deux lascars descendant la rue d'un bon pas vers le grand parking public. Ils leur donnèrent la chasse. Les hommes en noir repérèrent immédiatement leurs poursuivants. Ils s'élancèrent à une allure extraordinaire... extra-terrestre, que nul humain, voire nulle créature terrestre, n'aurait pu suivre. Nos trois amis eurent à peine le temps, parvenus essoufflés en bas de la rue, de voir une Mercedes aux vitres fumées quitter le parc de stationnement, s'enfiler dans Daoulas, griller un feu rouge en se faisant copieusement klaxonner, et prendre la direction de la voie rapide Brest-Quimper.

CHAPITRE II

— C'étaient qui, ces deux oiseaux-là ? demanda Alain le Kern.

— Des oiseaux de malheur, précisa son ami Daniel Huguet.

— Gor-Den, planète Ispar, constellation du Gémeaux, expliqua le Vahoun Shorung-N'Taal.

À peine revenus de leur course-poursuite, les trois Chevaliers avaient récupéré leurs amis. Tous ensemble, ils s'étaient éloignés vers les frondaisons du parc pour appeler discrètement le *CDL 9* en état d'invisibilité et se faire translater à bord.

— Vous avez eu affaire à deux esprits parfaitement élémentaires, dans lesquels j'ai pu lire à livre ouvert, continua le Cassiopéen. Les Gor-Den sont des espèces de guerriers d'élite, relativement frustes, mais capables de mémoriser une mission et de s'y tenir, et surtout dotés d'aptitudes physiques hors normes... du moins, hors des normes terrestres. Mais ils n'ont aucune barrière mentale.

— Je ne suis pas un grand spécialiste en matière d'astronomie, intervint Jean de Galice. Mais il ne me semble pas avoir entendu parler d'une planète Ispar dans la constellation des Gémeaux.

— Exact, frère Jean, releva le chef du commando Alpha.

— Manifestement, ils proviennent d'une dimension gémellaire, très voisine de la nôtre. Leur planète Ispar serait l'un des deux globes de notre étoile-double Castor.

Le Vahoun pianota sur son clavier. Différentes données apparurent sur un registre à l'écran.

— C'est cela : Ispar pourrait être une véritable planète — alors que notre Castor est naturellement une simple sphère de gaz incandescents — et l'autre globe jumeau s'appellerait Isipar. Ces noms apparaissent dans d'anciens documents retrouvés à bord de vaisseaux naufragés dans l'espace. Nos bases de données ne possèdent pas grand-chose d'autres sur cette planète.

— Explique-moi ce que d'obscurs créatures provenant d'une obscure planète dans une obscure dimension peuvent bien vouloir à Cornaline et à Gradlon ? résuma le journaliste.

— Pas la moindre idée, répondit le Vahoun. Je n'ai pas eu le temps de pousser assez loin l'introspection mentale.

— Tu as pu regarder où ils sont partis ?

— Un moment seulement, Gilles. Ils sont passés sous la voie rapide et ont emprunté la D33 en direction d'Irvillac. Mais ils n'ont jamais atteint le village. Leur véhicule a disparu entre-temps. Surpris par la soudaineté de cette volatisation, je n'ai pas eu le loisir de paramétrer nos détecteurs méta-dimensionnels pour les retrouver. Soit, ils ont dans le secteur une base secrète...

— Comme mes agents, Targ-Roé et Rahana, dans l'Ariège[1].

— Exactement, Alain. À moins qu'un vaisseau ne les ait tout simplement attendu et translaté à son bord, à l'instar du *CDL 9*.

— On peut encore imaginer une porte multi-dimensionnelle, peut-être spatio-temporelle.

— J'en doute dans ce secteur, Gilles. Sans les détecteurs, je ne peux voir dans l'autre dimension, mais logiquement, les scanners de bord auraient dû m'indiquer l'existence d'une telle porte. Tous les systèmes de détection et de neutralisation d'éventuels champs magnétiques ou d'ondes quelconques restent branchés en permanence pour supprimer tous risques de perturbation autour de la presqu'île de Crozon. Même si l'essentiel du bouclier électromagnétique autour de la Presqu'île a apparemment disparu avec la destruction de la base des Capucins, puis celle du Château de Dinan, il reste de nombreux champs énergétiques naturels dans le secteur.

— Que suggères-tu, Gilles ? demanda l'artiste-peintre toulousaine.

— D'abord, Monique... commença le banneret.

— D'abord, il est plus qu'urgent de retrouver Cornaline, il me semble, intervint vivement Stéphane.

---

1. Voir SF Jimmy Guieu n° 118. *Les Brumes de l'effroi.*

— Juste. Frère Shorung, mets le cap sur Montourgar.

— Mais tu n'es pas encore intervenu. Tu ne peux pas quitter comme ça le colloque, fit remarquer Régine.

— Attends, je parle lundi après-midi. J'ai tout le temps d'aller faire un tour chez nos amis Le Coz.

Le Vahoun paramétra son pilote automatique cap sud-ouest. L'aviso de reconnaissance, toujours invisible, fila à vive allure vers Crozon-Morgat. Sur l'écran du télévisionneur panoramique, les Chevaliers virent défiler l'embouchure de la rivière de Daoulas, puis celle de l'Aulne devenant la rade de Brest, l'anse de Poulmic et ils survolèrent la base aéro-navale de Lanvéoc.

— À propos, fit le Cassiopéen, je vais vous faire une confidence : je me suis amusé à étudier le public et les participants du colloque. C'était édifiant ! Les humains sont tout de même d'étranges créatures qui seraient capables de s'entre-déchirer pour des questions parfaitement futiles, des polémiques sur des points d'Histoire aberrants. Le plus drôle, c'est que nombre de ces érudits qui se prennent pour de grands cerveaux ont des esprits totalement perméables, sans aucune profondeur. Ce que j'y ai lu n'était pas toujours... joli-joli, comme vous diriez, n'est-ce pas ? J'ai surtout noté un individu arrivé en cours de matinée, pas un spécialiste, mais un simple spectateur. Son esprit était d'une noirceur absolue. Une belle pourriture, si vous me passez l'expression.

Les Chevaliers de Lumière sourirent en entendant le Vahoun — au langage d'ordinaire plutôt châtié — employer un tel terme. L'individu devait valoir le détour, en effet...

— Et que faisait-il là ? interrogea Gilles Novak.

— Il ne venait pas écouter les débats en tout cas, répondit le Cassiopéen. Dès son entrée, il avisa nos deux oiseaux, les Gor-Den, et ne les a quasiment plus perdus de vue.

— Et comment s'appelle ce distingué personnage ? demanda le chef du commando Alpha.

— Jean René.

Gilles et Stéphane s'entre-regardèrent. Pouvait-il s'agir de cet homme à qui le jeune jésuite était censé apporter une missive de la part du père Le Du ?

— Il paraît mouillé dans bien des affaires mafieuses du secteur, acheva le Vahoun.

— Il sera toujours temps de s'occuper de cette fripouille plus tard, commenta le journaliste. Il faut d'abord retrouver Cornaline.

Sur l'écran panoramique se découpaient maintenant les côtes rocheuses en forme de croix de la Presqu'île.

— Hé, regardez ça ! s'exclama Régine. Le Château de Dinan a l'air d'être animé.

Face à l'Iroise — ce bras de mer envahi de courants contraires séparant l'Atlantique de la Manche —, la pointe de Dinan et ses falaises à l'allure de forteresse, d'où son nom, montrait une étonnante affluence de monde. Le parking était envahi de camions et autres véhicules. De nombreuses silhouettes arpentaient la lande. Deux hélicoptères de la Marine nationale survolaient le promontoire.

— Allons voir ça. Fais un petit crochet, suggéra Gilles au Vahoun.

Le pilote du *CDL 9* reprit les commandes manuelles et amorça un léger virage à droite.

Stéphane, déjà sous pression, se retrouva sur le point d'imploser : il avait la ferme conviction que le salut de son amie pouvait se jouer à quelques secondes... et que ces secondes, ils allaient les perdre ici pour un petit détour inutile. Assis entre Monique et Régine sur la banquette circulaire courant le long de la paroi du dôme du poste de commandes, les doigts crispés, agités, sur ses genoux, il ne parvenait plus à se fixer sur le spectacle diffusé par l'écran extérieur.

Précisément, à l'extérieur, les groupes au sol étaient inconscients de la masse du *CDL 9* qui, silencieusement, se glissait au-dessus de leur tête. Un hélicoptère Puma de la Marine passa à une quinzaine de mètres de l'aviso sans se douter de rien, sans même que ses radars ne l'avertissent. Une seconde à peine, les appareils de bord de l'hélico s'affolèrent, mais tout rentra dans l'ordre et le pilote attribua l'incident à une nuage magnétique.

— L'armée s'affaire encore autour du Château de Dinan, remarqua Gilles Novak.

Des cordons de la police militaire barraient

l'accès au cap bien en avant du site, sur la départementale 308. Les Chevaliers de Lumière s'approchèrent encore de l'endroit où ils avaient affronté dans un combat homérique les géants de la forteresse et leurs minuscules alliés.

Des commandos en tenue sombre fouillaient les roches. Au niveau de l'eau, des zodiacs et des plongeurs tournaient dans le ressac de forte amplitude. Les vagues venaient s'écraser violemment contre la base des falaises, rendant malaisées les recherches.

— Un sous-marin de poche, indiqua du doigt le Vahoun sur un petit moniteur.

Effectivement, le cadran sondant en dessous de la surface de l'eau montrait clairement la silhouette d'un petit bâtiment de prospection sous-marine.

— S'ils espèrent mettre la main sur les trésors qui étaient dissimulés dans les cavernes, je leur souhaite bien du plaisir ! commenta le journaliste.

— C'est pourtant bien le but de toute cette agitation. Je viens de capter les conversations de deux officiers, observa Shorung-N'Taal.

— Eh bien, ils ont mis le temps à réagir, intervint Daniel. Cela fait près d'un mois que les événements ont survenu !

— Ils ne trouveront probablement rien, reprit le Cassiopéen. Avec mes frères Vahouns, nous avons été envoyés par notre Grand-Maître Michel Merkavim pour explorer psychiquement la faille supposée sous les amas rocheux. Il n'y a plus rien. Ni trace de grotte, ni trace d'échancrure quelconque de la terre. Rien qu'un bloc granitique compact. Pour compléter nos introspections mentales, nous avons même utilisé les détecteurs spatio-temporels les plus récents, mis au point dans nos laboratoires de Hope [1]. Sans davantage de résultats.

— Nous reviendrons peut-être plus tard ici, mais pour l'instant, il n'y a sûrement rien d'intéressant. Il est temps de retourner à Montourgar, ordonna le chef du commando.

La gorge nouée, le jeune jésuite vit le *CDL 9* reprendre enfin la direction du hameau des Le Coz.

Moins d'une minute plus tard, il y serait. Le penti était déjà en vue sur l'écran panoramique, lorsque, confusément, tous les Chevaliers eurent l'impression qu'une masse sombre, à peine perceptible, comme un vague nuage, s'arrachait du sol et s'envolait vers la baie. L'apparition avait ressemblé à une image surimprimée sur un téléviseur.

— C'était quoi ? demanda Stéphane la voix cassée.

— Difficile à dire. Peut-être rien, observa le Cassiopéen. Aucun appareil de bord n'a détecté la moindre présence de vaisseau quelconque.

Il alluma un nouveau moniteur. La silhouette floue du penti se découpa, noyée dans un magma multicolore.

— *A priori*, rien ne bouge. Le détecteur thermique ne décèle aucune présence vivante.

---

1. La Planète Hope (en anglais « espoir ») ou simplement H est une planète colonisée par l'Ordre des Chevaliers de Lumière pour en faire une terre d'harmonie et de fraternité. Voir SF Jimmy Guieu, n° 104, *Plan d'extermination*.

Rapidement, le pilote de l'aviso translata les sept Terriens dans la cour herbeuse du penti, à l'abri du mur séparant le jardinet de la rue.

— Régine, Stéphane, Daniel, avec moi, déclara Gilles Novak. Et vous, allez voir la dépendance.

Le banneret de l'Ordre avança la main sur le loquet et poussa la porte. Elle était ouverte et il pénétra avec ses trois amis sur ses talons. En courant, Alain revint chercher la clé de la dépendance, à l'arrière de la cour, qui était fermée.

Les quatre Chevaliers pénétrèrent dans la première pièce à gauche, qui faisait office de salon et où trônait une longue table. L'endroit était vide. Un livre ouvert, mais retourné, était posé sur la table. Quelques feuillets erraient sur la carte IGN de la Presqu'île au 25 000e, près d'une tasse de tisane. Régine approcha sa main du récipient.

— Il est encore légèrement tiède.

Il ne fallut que quelques instants pour visiter l'intégralité de la petite maison et se convaincre qu'elle était déserte. Alain et le couple Galice les rejoignit rapidement. La visite de la dépendance avait été aussi dénuée de résultat.

Stéphane Lefart se précipita dehors, traversa le porche de pierre et s'avança sur le chemin s'en allant vers la forêt.

— Cornaline ! hurla-t-il vers les pins en plaçant ses mains en porte-voix. Cornaline !

— *Inutile, Stéphane, il n'y a pas trace de ton amie aux alentours.*

La remarque télépathique du Vahoun ne

convainquit pas le jeune homme, mais il se sentit impuissant et laissa retomber ses bras. Il regarda le sol en soupirant, alors qu'une ombre silencieuse se faufilait jusqu'à l'entrée du jardin. Apercevant le jésuite, le nouveau venu s'arrêta et le contempla.

Stéphane sentit un regard posé sur lui. Il redressa la tête et vit le bienveillant visage du druide Caer-Lyon fixé sur lui. Le prêtre de la vieille religion tendait une main, paume vers le ciel, pour inviter le jeune homme à le rejoindre.

Caer-Lyon était revêtu de sa grande robe blanche sacerdotale, serrée à la taille par une ceinture à nœuds faisant trois tours complets. Dès qu'ils furent au contact, sans un mot, l'homme d'Ys prit Stéphane par l'épaule et ils passèrent en se serrant sous l'étroit porche. De dos, on aurait presque dit un corps mutant à deux torses, quatre jambes, mais un seul crâne, tant l'ample toison blanche du vieil homme paraissait recouvrir le chef de son cadet.

Ils pénétrèrent dans le penti en baissant la tête. Une atmosphère lourde régnait dans la pièce principale. Les Chevaliers de Lumière avaient pris place autour de la longue table. Seul Alain se tenait adossé contre la bibliothèque à gauche de l'entrée et Gilles faisait les cent pas. D'abord étonnés de l'irruption du prêtre de la communauté d'Ys, ils l'étreignirent avec joie.

— Cornaline a disparu, commença le vieillard d'un air affligé.

— Oui, se contenta de répondre le chef du commando Alpha de l'Ordre cosmique.

— J'entends qu'elle a vraiment disparu, pas simplement qu'elle n'est pas là. Je l'ai sentie *se volatiliser*, échapper au contact sensoriel que nous entretenions. Et j'ai accouru.

— Que voulez-vous dire ? s'alarma Stéphane en attrapant le religieux par la robe.

— Cornaline est essentielle pour notre communauté. Vous l'avez peut-être déjà compris. Il existe un contact très fort entre nous, comme il en existait un puissant avec Alexis Le Coz. Et cette relation s'est brutalement interrompue.

— Mais ça veut dire quoi ? insista le jésuite en agrippant et secouant à deux mains le vieil homme. Elle a été *tuée* ?

— Non... non, je n'ai pas dit ça.

Un silence de mort pourtant s'était abattu sur la pièce. Sept paires d'yeux étaient tournés vers le visage triste du druide. Les secondes s'égrenaient. Une tension insoutenable régnait. Une tension qui menaçait de faire imploser le jeune jésuite livide, incapable d'articuler le moindre mot.

— Qu'avez-vous dit alors si vous ne pensez pas qu'elle est morte ? demanda enfin Gilles Novak.

— Elle est peut-être morte, répondit le vieillard. Mais ce n'est pas certain ; elle a pu passer dans une autre dimension où je ne la capte plus.

Stéphane Lefart s'était laissé tomber sur un banc. Monique et Régine vinrent rapidement tenter de le réconforter. Mais il n'entendait plus rien. Et il ne vit pas un grand personnage à la peau bistre et au crâne protubérant passer avec difficulté la porte basse de la pièce. Le Vahoun Shorung-N'Taal avait posé le *CDL 9* dans un champ et venait se joindre à la discussion.

— Dans quelle direction cherche-t-on ? demanda Alain Le Kern.

— Et puis tu as ta conférence à Daoulas, rappela Daniel à l'intention de Gilles.

— Ce n'est peut-être pas l'essentiel actuellement, répondit ce dernier.

— Les recherches de l'armée du côté de Dinan ne pourraient pas être en rapport avec la disparition ? suggéra le géomancien.

— J'en doute, répliqua le druide. Le contact n'aurait pas forcément été rompu.

— J'en doute également, compléta le Vahoun. Et je voudrais dire, notamment à Stéphane, que si elle était morte, j'aurais probablement pu retrouver son corps. Or, j'ai bien ratissé les alentours, il n'y pas trace de la jeune Cornaline, vivante ou morte. Et elle était pourtant bien là avant que vous arriviez. Souvenez-vous que la tasse de tisane était encore tiède.

Entendant cela, Caer-Lyon s'approcha de la table et prit la tasse entre ses mains. Il ferma les yeux quelques secondes, puis reposa l'objet :

— C'était bien Cornaline.

— Dites, vous ne croyez pas que c'est en rapport avec notre affaire ?

Tous les regards se tournèrent vers Jean de Galice. Il montrait du doigt les feuillets de bloc-notes épars sur la carte IGN.

Gilles Novak ramassa la petite liasse. De rares mots dans une écriture fine, abrégée, peu compréhensible se bataillaient en duel. Le journaliste crut pouvoir déchiffrer « danger », « clés », « Gradlon », « Dal Riatha », « où ? », « Run-Bili »... Des chiffres aussi et différents symboles accompagnaient les notes.

— Cela ne va pas nous mener loin, dit-il en tendant les papiers à Caer-Lyon.

— Et ça, n'est-ce pas une indication ? suggéra le châtelain audois en montrant un point sur le plan déplié.

La jeune fille probablement avait tracé un cercle au feutre rouge d'où partait un trait avec à son extrémité un point d'interrogation. La zone signalée était située à l'est de Crozon, mais plus particulièrement à l'ouest d'un hameau nommé Kerastrobel, à quelques centaines de mètres au nord de la plage de l'Aber.

— Caer-Lyon, cet endroit vous dit quelque chose ? s'enquit le journaliste.

Le druide reposa les feuilles de papier dont il n'avait manifestement rien tiré... ou rien voulu révéler.

— Ah oui, répondit-il d'un air étrangement détaché. C'est Run-Bili.

— Run-Bili ? s'exclama le jeune jésuite.

— Tu connais ? l'interrogea Gilles.

— J'ai l'impression d'avoir déjà entendu ce nom-là. Mais où ?

Il se creusa la mémoire pour tenter de se souvenir. Quant au journaliste, il se retourna vers le vieux druide :

— Qu'est-ce que Run-Bili ?

Toujours sur son ton indifférent, le prêtre poursuivit :

— Eh bien, le tumulus de Gradlon. On raconte qu'il serait inhumé là dans un triple cercueil de plomb, d'argent et d'or. Deux tas de galets marqueraient l'emplacement du sanctuaire. Les fidèles auraient ramené les pierres de la grève de l'Aber et les auraient déposées là lors des funérailles.

— Attends, attends. Que racontez-vous là ? Il y a peu encore, vous nous disiez que le lieu où se trouvait Gradlon était inconnu.

— Oh... Ici... Ou là. On le dit aussi enterré dans les ruines de Landévennec. Les chrétiens tout au moins l'affirment.

— Mais vous, vers quelle hypothèse penchez-vous ? insista le directeur de *LEM*.

— Run-Bili me plaît bien. La légende est belle.

Gilles se prit la base du nez entre le pouce et l'index en soupirant.

— Bon, maintenant vous me parlez de légende...

— Vraiment ? J'ai dit « légende » ? Bah, « légende » ou « réalité », quelle différence ?

— Il me semble y en avoir une pourtant, intervint Stéphane Lefart ressortant de ses méditations. Et il y a autre chose qui m'étonne. J'en ignorais le nom, mais j'avais connaissance de l'existence d'un tumulus du côté de Kerastrobel. Mais d'après les archéologues, il serait vieux de plusieurs millénaires et en tous les cas beaucoup plus ancien que Gradlon qui est, avec son confesseur Guénolé, postérieur au début de l'ère chrétienne.

— Ça, c'est une histoire de scientifiques ou d'archéologues à la science infuse. Lorsque l'on a une connaissance directe du passé, on constate que les erreurs de datation ne manquent pas. En outre, un cimetière chrétien, par exemple, ne peut-il accueillir de corps qu'au moment de sa création ? Non, il peut abriter plusieurs siècles d'inhumation. Pourquoi n'en serait-il pas de même d'un tumulus ?

— Si tout le monde est d'accord et n'ayant pour l'instant pas d'autre piste, résuma Gilles, je propose que nous allions faire un tour à Kerastrobel.

— Je vous accompagne, indiqua le druide. Vous pourriez avoir besoin de moi.

Une fois remonté à bord du *CDL 9*, Shorung-N'Taal translata tout le monde dans le poste de commandes. Curieusement, le chef du commando Alpha crut remarquer que le dispositif ultramoderne, voire totalement futuriste pour un esprit terrien, n'étonnait pas vraiment le vieux prêtre. Celui-ci s'y intéressait pourtant vivement, observait attentivement et posait des questions pertinentes sur des problèmes très techniques, qui témoignaient d'une connaissance étonnante chez cet homme pratiquement issu d'un autre âge.

Par sympathie, le Vahoun l'invita même à prendre les commandes de l'aviso et le guida pour la manœuvre. L'appareil s'éleva et repartit cap nord-nord-est. Il passa à l'aplomb du phare de Morgat avec sa tête rouge, puis traversa l'anse en direction de la longue plage blanche de l'Aber.

Parvenu au-dessus de Kerastrobel, le Cassiopéen imprima à l'aviso des circonvolutions pour ratisser la zone. Rapidement, il put conclure :

— Pas de tumulus, ici. Rien ! Juste des champs de blé. Mais nous nous trouvons dans un secteur extrêmement puissant, parcouru par de nombreux courants telluriques d'une force inouïe.

Des oscillations rapides et violentes traduisaient sur un moniteur de contrôle les propos du médium.

— Descendez, ami vahoun, l'invita le vieux prêtre.

— Mais il n'y a rien, dit Gilles. Doit-on perdre de précieuses minutes à explorer un champ vide ? Et en plus, le terrain est totalement à découvert.

Avec un sourire empreint de bonté, Caer-Lyon réitéra sa proposition :

— Descendez, je vous en prie !

Délicatement, le *CDL 9* vint se poser en bordure de l'embranchement de la route venant de Kerastrobel et de celle ralliant la portion de nationale Crozon/Tal-ar-Groas à Trélannec. Le champ était totalement ouvert. Aucune structure, aucun bosquet, aucun arbre même, n'offrait le moindre paravent pour apparaître discrètement. Les Chevaliers regardèrent attentivement.

— Je ne peux garantir votre total incognito en sortant du vaisseau, observa le pilote du *CDL 9*. Enfin, si je capte un esprit vous ayant repéré, je m'efforcerai d'effacer cette mémoire de son cerveau.

Il ouvrit la rampe d'accès qui, pour un témoin anonyme à l'extérieur, aurait pu ressembler à un escalier céleste s'en allant vers nulle part. Accompagnés de Caer-Lyon, les Chevaliers descendirent dans les ponts inférieurs, traversèrent la soute où se trouvaient rangés les véhicules d'Alain et Jean, et s'avancèrent vers le plan incliné. Tels des dieux surgissant du néant, ils apparurent au milieu du blé, en prenant garde de ne point le piétiner outre mesure. Shorung referma l'accès, attendant un appel de ses amis pour le rebasculer.

Une petite brise soufflait de la mer, agitant les cheveux blancs du druide. Stéphane regarda autour de lui. Il s'arrêta dans sa contemplation de la baie de Douarnenez. Le tableau évoquait de vagues réminiscences. Qui plus est des réminiscences relativement récentes, qu'il n'arrivait pourtant pas à ramener au niveau conscient.

Soudainement, le druide leva ses deux mains face à l'ouest.

— Run-Bili, Run-Belo, Akram Shor Arn-Del !

L'invocation avait été lancé d'une voix gutturale. Le soleil descendait vers le couchant. Un petit point se matérialisa dans la direction de l'astre déclinant. Lentement, la tache grossit pour se transformer en oiseau. Flottant sur les vents, l'aigle plana jusqu'au champ où attendait le petit groupe. Il tournoya trois fois. Caer-Lyon releva les bras. Aucun mot ne fusa de ses lèvres, mais une intense conversation sembla s'établir entre l'homme et le volatile. Dans un mouvement spiralé, ce dernier vint se placer à un endroit précis et commença à pousser un cri strident. Caer-Lyon avait toujours les bras levés. Le cri du rapace déchira à nouveau le silence. Alors, à terre, un vague brouillard, comme une image floue, se matérialisa en deux points différents à égale distance de chaque côté de l'animal. Un peu moins de deux cents mètres séparaient les deux nuées. L'oiseau intensifia ses cris. À chaque appel, les formes devenaient plus précises et il devint bientôt évident qu'il s'agissait de deux tas de galets d'environ un mètre soixante-dix de haut. Lorsque l'« image » fut parfaitement nette, l'aigle cessa son tapage. D'une main, le vieux prêtre d'Ys lui fit un signe ; l'animal reprit son vol et disparut bientôt au-dessus de la baie.

— Le reste vous appartient. Je ne peux pas vous aider à aller plus loin. Je n'ai fait que restituer ce qui était. Je n'ai pas le droit de livrer des secrets.

— Que voulez-vous dire ? interrogea Gilles.

— Avant votre Seconde Guerre mondiale, ces deux cairns existaient encore et permettaient de repérer l'emplacement du tumulus souterrain. Le remembrement a eu raison des galets. Je n'ai fait que les rematérialiser momentanément pour vous guider. Le reste est de votre ressort. Je ne peux vous donner les clés pour pénétrer dans le tumulus.

Les Chevaliers de Lumière se dirigèrent vers les tas de pierres.

— Encore un mot, s'exclama le druide et,

accompagnant la parole du geste, Run-Bili et Run-Justisou ! indiqua-t-il.

En respectant autant que possible, les alignements d'épis, les sept amis s'orientèrent sur le premier des deux tumulus, dont le nom apparaissait dans les notes de Cornaline.

Devant le monument archaïque, la perplexité s'empara d'eux.

— *Frère Shorung*, interrogea Gilles, *repères-tu un moyen d'entrer dans le tumulus ?*

— *Non, frère Novak. Le sol paraît abriter une cavité, mais ce n'est pas certain. Les ondes sont tellement puissantes qu'elles invalident les paramétrages et faussent les détections. En tous les cas, vous vous trouvez ici à un nœud, une des pointes d'un trapèze presque parfait.*

— *Quelles sont les autres pointes ?* s'enquit le directeur de *LEM*.

Le Vahoun pianota des commandes et une carte routière de la région vint se superposer sur le moniteur restituant les courants d'ondes telluriques.

— *Je vois des menhirs au sud-sud-est de votre position... un groupe de rochers dans la baie appelée la « Pierre Profonde »...*

— C'est une zone assez perturbée, une sorte de « Triangle des Bermudes » de la baie, des bâtiments s'y sont perdus, expliqua Stéphane Lefart qui avait lui aussi capté le message télépathique. Il y a même un bombardier qui s'est écrasé là, dans la baie, pendant la guerre.

— *La quatrième pointe du trapèze est un grand menhir à l'est de Crozon, au-dessus des falaises.*

— Le menhir de la Républicaine, précisa le jésuite, dont la famille était originaire de la Presqu'île. Il a été dynamité par les Allemands pendant la guerre et les Crozonnais l'ont reconstitué en 1992.

— Nul doute qu'en redressant ce mégalithe, les Presqu'îliens ont probablement inconsciemment rétabli un puissant champ de force. Qui sait ce qu'ils ont véritablement réactivé sans le savoir? médita Gilles. Enfin, pour l'instant, cela ne résout pas notre problème.

Il se retourna vers l'emplacement où ils avaient laissé Caer-Lyon... L'endroit était vide.

— *Tu as vu partir notre ami druide ?* demanda mentalement le journaliste au Vahoun.

— *Non, j'étais occupé par le repérage du trapèze.*

— Curieux bonhomme, nota le chef du commando Alpha.

— Ouais... Moi, il me donne plutôt froid dans le dos, maugréa Daniel.

Du côté du couchant, un point noir se reforma et grossit à une vitesse impressionnante pour fondre sur le petit groupe de Chevaliers. L'aigle vint se poser au sommet de Run-Bili.

— *Cherche*, dit un chuchotement dans le crâne du jésuite.

— Shorung? interrogea à haute voix le jeune homme.

Perplexes, les six autres tournèrent la tête. Pas un n'avait capté un message téléphatique.

— *Qui ne sait pas, apprendra*, ajouta le messager invisible.

Sans bien comprendre quelle force l'animait, Stéphane se précipita sur le cairn. La lumière douce de la fin d'après-midi caressait les surfaces des galets en projetant un éclairage rasant. Presque imperceptiblement, le jeune homme distingua les contours d'un motif sur une grosse pierre à environ mi-hauteur du monument. Mécaniquement, il la déboîta pour l'extraire du monticule. La pierre bougeait et se laissa sortir sans difficulté. Derrière, il vit une belle ardoise. Gilles et Alain s'étaient penchés dans son dos, alors que les autres se pressaient derrière pour voir ce qui se passait.

— Attendez, leur dit Stéphane en les écartant du bras.

Le maximum de lumière était nécessaire pour distinguer l'intérieur de la cavité. Dans la faible clarté, il parvint à identifier l'empreinte d'une main droite fossilisée. Il posa sa propre dextre dessus, avec quelque appréhension. Qu'allait-il se passer ?

— Ys-Meur Dal-Riatha !

En prononçant cette invocation, le jeune homme s'était retourné les yeux écarquillés vers ses amis. Il n'était pas le moins étonné du groupe par cette connaissance inopinée d'une formule étrange. Il sentait que s'animait en lui une force qu'il ne maîtrisait pas et qui prenait possession de ses lèvres et de ses cordes vocales. Mais l'épreuve ne lui paraissait pas douloureuse.

— Et alors ? dit Daniel. Il ne se passe rien.

— Chut, lui opposa Monique, en accompagnant sa réprimande d'un grand coup de coude dans les côtes.

— Slupinis, trip trep trip trep trip trep, rapide comme le feu.

Une intense piqûre perfora sa main, qu'il retira vivement. Frottant le dos de sa dextre, il entendit une voix télépathique familière :

— *Bravo, frère Stéphane !*

Les membres du commando Alpha regardèrent autour d'eux. À quatre mètres du cairn, une fosse large d'un mètre s'était matérialisée. Le jeune homme précéda ses amis — ayant tous dégainé leurs multirays — dans l'ouverture. Chaque pas ne faisait qu'accroître son trouble : il était convaincu d'avoir déjà vécu cette expérience. Mais n'est-ce pas une sensation fréquente ? Pourtant, là, il y avait un élément de plus, cette mystérieuse connaissance qui leur avait ouvert la voie du sous-sol.

Parvenus au bas des marches éclairées par des myriades de cristaux luminescents incrustés dans la roche, ils se heurtèrent à une lourde porte blindée. Mais il n'avait pas fini de s'étonner de la présence d'un tel obstacle dans un tumulus archaïque, que Stéphane désignait à l'attention de tous un digicode encastré à droite de l'ouverture dans la paroi. D'étranges caractères figuraient sur les touches.

— Des ogams, remarqua Gilles, éminent connaisseur des alphabets anciens. Mais quel est le code ?

Le jésuite posa la main à plat sur le clavier et se

concentra. Mais rien ne vint. C'est au moment où il détachait sa main des touches et que son esprit se libérait de la contrainte intellectuelle qu'il hurla presque :

— Gradlon !

— Quoi, Gradlon ? demanda le journaliste. C'est le code ?

— Je ne sais pas. Je crois. Mais comment le restituer en ogams ? J'ai bien de vagues connaissances, mais...

— Attends !

Le directeur de *LEM* pianota sur le digicode. Au sommet du tableau de commande, une diode verte s'alluma. Cinq secondes s'écoulèrent et la porte s'effaça.

Au-delà du passage, dans une clarté diffuse, une salle de commandes équipée du dernier cri en matière d'installation high-tech s'offrit à leurs regards... en lieu et place d'un légitime et archaïque tombeau. Prudemment, en scrutant l'encadrement de la porte pour vérifier qu'il ne dissimulait pas de piège, Gilles Novak, multirays au poing, avança la jambe. Lentement, les souvenirs remontaient à la mémoire du jésuite.

— J'ai rêvé de cet endroit, expliqua-t-il à son ami Gilles. Cette nuit-même. J'en suis convaincu maintenant. C'est là que j'ai appris comment pénétrer ici.

— *Shorung ?*

Le Vahoun ne répondit pas à l'injonction du journaliste. Ce dernier en déduisit que la liaison télépathique ne devait pas passer. Avait-il franchi une dimension sans y prendre garde ?

Au fond de la salle, leur attention fut attirée par de grands sarcophages de verre. Ils reposaient en étoile au bas de quatre marches faisant toute la largeur de la pièce. Le sanctuaire était décoré de scènes évoquant sans aucune doute possible la submersion d'Ys, mais, plus étonnant, de représentations d'objets volants qui ressemblaient à s'y méprendre à des vaisseaux spatiaux. Dans les scènes de bataille, certaines armes tenaient plus du multirays des Chevaliers de Lumière voire d'armes à l'utilisation mystérieuse, que du bon vieux glaive.

Quant aux sarcophages, ils étaient vides.

— Dans mon rêve, ils ne l'étaient pas, affirma Stéphane. J'en suis quasi certain.

— Qui se trouvaient dedans ? s'informa le banneret de l'Ordre.

Le jeune homme chercha, mais ce souvenir précis ne revint pas à la surface de sa mémoire.

Ils revinrent vers les consoles et écrans de commande. Le jésuite désigna à son ami journaliste, ce qui, dans son « souvenir », devait être le centre névralgique du dispositif. Gilles alla s'asseoir devant un ordinateur. Il le mit en marche. Stéphane attrapa le casque virtuel se trouvant à gauche de la console et le posa sur la tête de l'ésotériste. Sur l'écran défilaient les paramètres de fonctionnement.

— Je ne vois rien, dit le journaliste.

— Attends !

L'affichage du moniteur s'était stabilisé sur le mot « Password ». Stéphane tapa « Enter »... et l'intérieur du casque s'anima.

— Formidable ! s'exclama le chef du commando Alpha.

— Que vois-tu ? l'interrogea Alain le Kern.

— Une femme superbe !

— Mais je t'interdis, plaisanta Régine en lui donnant une tape sur l'épaule. Fais voir !

— Vous allez regarder après, indiqua le jésuite. Laissons-le déjà parcourir l'intégralité du message.

Les minutes s'égrainèrent. Gilles demeuraient silencieux. Parfois le bas de son visage laissé libre par le casque s'animait. Par instants, on l'entendait poser une question relative à Ys, à Gradlon, et à leurs héritiers. Ses lèvres passaient de l'étonnement à la perplexité, voire à la colère... ce qui ne faisait qu'attiser l'impatience de ses amis. Ces derniers, après avoir exploré la salle finalement relativement petite, s'étaient assis et attendaient la fin du programme.

— Je ne me souvenais pas d'une telle durée, grogna le jésuite. Et pendant ce temps, Cornaline doit avoir besoin de nous quelque part.

Enfin, au bout de près de trente minutes, le directeur de *LEM* ôta son casque. Sa physionomie trahissait un intense bouleversement intérieur.

— Incroyable ! Tiens, Jean, commence à regarder. En qualité d'informaticien, tu goûteras peut-être encore davantage que nous le spectacle. Mais n'y reste pas trop pour que tous les nôtres aient le temps d'y mettre la tête quelques instants. Je vais vous faire un debriefing complet.

L'un après l'autre, les Chevaliers de Lumière s'équipèrent du casque, et l'un après l'autre ils l'enlevèrent, les yeux pétillants comme des enfants émerveillés.

— Raconte-nous vite tout ce que tu as vu, était le premier commentaire.

Le journaliste avait bien lâché quelques bribes, mais il attendait que tous soient à l'écoute pour faire son exposé complet. Surtout, il préférait rapatrier le *CDL 9* pour que Shorung-N'Taal entende son compte rendu.

Dix minutes après, ils remontaient vers la surface. L'ouverture dans le champ ne s'était pas refermée. Dehors, le crépuscule tombait. À l'occident, une bande orangée drapait l'horizon et se mêlait à un ciel blanchâtre où se dispersaient des volutes sombres. Comme un mystérieux gardien du seuil, l'aigle silencieux veillait au sommet de Run-Bili. Dès qu'Alain, fermant la marche, sortit du passage, le rapace déploya ses ailes et prit son envol. Instantanément, l'échancrure de la terre se referma et les deux cairns se dématérialisèrent.

Dans le ciel, au moment de se fondre dans l'horizon du couchant, le rapace donna l'impression de se métamorphoser en cerf, galopant de nuages en nuages... ce qui ne pouvait être qu'un effet d'optique.

CHAPITRE III

Dans la salle de contrôle du *CDL 9*, les Chevaliers de Lumière attendaient impatiemment que leur chef entame son récit. Le plus chanceux était finalement le Vahoun télépathe qui pouvait puiser directement, à leur source mentale, dans le cerveau de Gilles Novak toutes les informations.

— Il était une fois... Je devrais commencer ainsi, comme pour toute histoire fantastique, n'est-ce pas ? dit le journaliste et conférencier émérite. Parce que fantastique, ce récit va l'être, sans manquer de détours par les contes de fées.

— Ne nous fais pas languir ! maugréa Régine.

— Tout commence en Ker-Ahès, que certains appellent plus simplement Ys. Oh je ne vous parle pas ici de notre bonne vieille ville engloutie, mais de la capitale...

L'orateur marqua une pause pour ménager son effet :

— ... de la planète Ispar !

Les yeux écarquillés lui prouvèrent qu'il avait atteint son but.

— La planète de nos deux zigotos, observa Daniel sur un ton mi-interrogatif, mi-affirmatif.

— Précisément. Mais permettez-moi encore une remarque, mes sœurs et frères. Rétrospectivement, je suis assez étonné d'être tombé directement sur ce dossier relatif à Ys. On ne me fera pas croire que, chaque fois que l'on allume l'installation, l'ordinateur raconte l'histoire de la cité. Malgré sa soi-disant méconnaissance de l'endroit, je soupçonne fortement une intervention de notre ami Caer-Lyon. Et je ne serais pas autrement surpris d'apprendre qu'il t'a visité cette nuit en astral pour orienter tes rêves, mon cher Stéphane.

— Est-ce que tu as des éléments à nous apporter concernant la disparition de Cornaline ? s'enquit ce dernier, de plus en plus anxieux.

— Nous verrons bien comment exploiter les informations. Mais écoutez : l'histoire commence donc en Ker-Ahès, capitale de la planète Ispar dans la constellation des Gémeaux d'une dimension parallèle. La date ? Je l'évalue entre l'année 100 de notre ère et 400-450. Mais leur référentiel temporel paraît différent du nôtre, donc je ne m'y attarderai pas. Retenons simplement qu'ils surgiront dans notre dimension vers l'an 450 de notre ère. À côté de cette planète, comme nous le savons déjà grâce au frère Shorung, il existe une seconde planète Isipar. Mais je n'ai pas reçu d'informations particulières la concernant, si ce n'est qu'il s'agit d'une planète pour ainsi dire morte, où sont envoyés les proscrits. Mais de proscrits, à vrai dire, il n'y en a guère. Ker-Ahès vivait dans l'harmonie. La concorde et la justice étaient la règle, apprise dès le berceau par les habitants de cette planète. Une égalité parfaite régnait entre les hommes et les femmes. La violence n'avait pas cours car les garants de l'autorité de l'ordre établi disposaient d'une arme très efficace : des baguettes en bouleau ou en sorbier des oiseleurs sur lesquelles étaient gravés de mystérieux signes. À l'exception de Monique et Jean, tous ici, nous avons pu en tester la puissance[1]. Et même si elles ne donnent pas l'invincibilité, ces baguettes permettent déjà à un enfant de trois ans de se défendre redoutablement contre un adulte, voire de détruire des édifices si on ne lui apprend pas très tôt la maîtrise de soi. Au passage, la description faite de cette civilisation m'a fait penser à celle du peuple des Vril-Ya, cette société parfaite, harmonieuse, exposée par l'écrivain initié Edward Bulwer-Lytton, dans *La race à venir*[2]. Qui sait d'ailleurs s'il n'a pas disposé d'informations semblables aux nôtres... ?

« L'équilibre social et politique de Ker-Ahès reposait notamment sur le gouvernement à deux têtes, deux piliers pour une société juste : un chef

---

1. Voir SF Jimmy Guieu n° 120, *Ankou : la vengeance d'Ys.*

2. Ministre des colonies de l'Empire britannique sous la reine Victoria, Edward Bulwer-Lytton (1803-1873) a notamment écrit *Les derniers jours de Pompéi* et *Zanoni, le maître Rose-Croix.*

spirituel et un chef temporel. Au début de notre histoire, les deux chefs sont deux frères. Ils ont pour nom... Gradlon et Caer-Lyon. Le premier a en charge le matériel, le second le spirituel. Si ce n'est que, dans ce monde, les deux se confondent souvent.

— Je vois dans ta tête que tu te représentes Gradlon comme Alexis Le Coz, remarqua le Vahoun.

— Nous y viendrons. Les deux frères règnent donc sur Ispar depuis la capitale. Et tout est pour le mieux dans le meilleur des mondes... Pas pour longtemps. Gradlon et Caer-Lyon ont un ami d'enfance, un vague cousin. Il s'appelle Tewenneg. Sans problèmes particuliers, il a grandi en bonne intelligence dans l'ombre des deux frères. Mais l'âge venant, cette position en retrait commence à lui peser. Très féru de spiritualité et très imbu aussi de ses connaissances en la matière, il se serait volontiers vu à la place de Caer-Lyon. Dès lors, il commence à manigancer toutes sortes de stratagèmes pour parvenir à ses fins. Premier objectif ; fâcher les deux frères. De prime abord, le défi paraît malaisé à relever, car ils s'entendent à merveille. Mais Gradlon n'est pas marié et cette solitude le torture de plus en plus. Depuis de nombreuses années, lui et Caer-Lyon étaient amoureux de la même jeune fille, Werina, la fille du Premier du Conseil des Sages. Ils ont fait le même serment de ne jamais aimer d'autre femme qu'elle... et Caer-Lyon l'a emporté. Gradlon demeure donc seul, sans héritier. Tewenneg a tôt fait de glisser dans l'oreille du chef temporel le venin de la jalousie, du stupre et du désir.

« Une nuit, avec l'aide de son "ami", Gradlon, profitant de sa grande ressemblance avec son frère, se glisse dans la couche de sa belle-sœur. L'intrus a lu les astres. Il sait que les conjonctions sont favorables pour que sa bien-aimée — mais aussi bien-refusée — enfante un héritier. Et cela advient. En fait d'héritier, c'est une héritière qui naît. Grâce à leurs pouvoirs psychiques, tous savent qui est le père. La discorde intervient-elle entre les frères ? Non, car dans ce monde — comme ce fut le cas sur terre dans différentes sociétés primitives —, partager sa femme avec son ami ou avec son hôte se faisait couramment comme témoignage d'hospitalité et de fraternité. Et même si Gradlon avait usé de subterfuges pour parvenir à ses fins, s'il avait bel et bien eu l'intention de trahir Caer-Lyon, celui-ci ne lui en tient pas rigueur. Leur relation est trop solide pour être affaiblie par un tel épisode — et l'équilibre de la société reposant sur leurs deux têtes est trop vitale pour être exposée à un tel péril.

« Sur l'autel de leur amitié, le Conseil des Sages leur réclame tout de même de sacrifier un bouc émissaire pour apaiser le courroux des dieux, et notamment de Bel. Le bouc est tout trouvé, ce sera Tewenneg. Il est banni pendant quarante mois sur Isipar, la planète déserte, où il va vivre en ermite ascète. Pendant ces longs mois, ses convictions, sa force, mais aussi sa rancœur, sa haine, ne font que se renforcer. Les Sages espéraient le faire méditer, l'obliger à s'assagir : ils vont transformer un vulgaire roquet en bête sauvage et dévastatrice. À quoi consacre-t-il sa solitude ? À mettre sur parchemin, les grandes lignes de son nouvel ordre religieux, une religion pétrie de violence, de haine, de jalousie. Il remplace Bel, le dieu lumineux et bon, au nom duquel il a été proscrit, par un dieu courroucé, vindicatif, violent, noir. Et de ce fait, il va l'appeler tout simplement... Le Du. Nom qu'il adoptera lui-même par la suite, mais nous n'y sommes pas encore. Ils ont fait de lui un bouc émissaire ? Très bien, le symbole de sa foi sera donc un bouc. Et il noircit des pages et des pages, ruminant sa vengeance. Ses parchemins, il va les ramener d'Isipar au terme de son exil. Ses partisans les connaîtront ensuite sous le nom d'Évangiles Noirs ou de "Manuscrits de la Planète Morte".

« Revenu, il n'a de cesse de mettre en pratique ses plans. D'abord, il incite Caer-Lyon a instauré une théocratie. Pour Tewenneg, le bénéfice peut-être double : soit Caer-Lyon échoue et le Conseil des Sages le révoque, ce qui signifie que sa place est vacante ; soit il parvient à instaurer véritablement une théocratie, ce qui, pour Tewenneg serait le régime idéal, et il parviendrait toujours ultérieurement à le faire démettre. Là encore, les événements ne vont pas se dérouler tels que le sombre corrupteur l'avait prévu. Caer-Lyon n'entend absolument pas œuvrer pour instaurer une théocratie. Il est l'un des garants de l'équilibre social ; rien n'a plus de valeur à ses yeux. Changement de plans pour Tewenneg : discrètement, il commence à rallier autour de lui de nombreux partisans. Ceux-là vont faire courir le bruit que Caer-Lyon a bien l'intention d'instaurer une théocratie. La rumeur s'enfle. Ker-Ahès gronde. Caer-Lyon est sommé de s'expliquer devant le Conseil des Sages Publiquement, Tewenneg prend la défense de son "ami", jurant devant Bel que jamais le grand druide n'a imaginé une telle ignominie... et par derrière, il attise les bruits qui se répandent comme de la lave en fusion, dévastant tout sur leur passage. Gradlon lui-même paraît ébranlé ; même si, au fond de lui, l'amour indéfectible qu'il continue d'éprouver pour son frère l'empêche de lui retirer sa confiance.

« Mais cette fois, il semble bien que Tewenneg ait gagné. Pourtant, à vouloir trop en faire, il va finir par se laisser emporter dans la tourmente anti-sacerdotale, le jour où, quelque temps avant la grande fête d'Ostar, les deux frères sont arrêtés. Sans se rendre compte qu'ils précipitent la chute de leur société d'harmonie, les Sages du Conseil présentent à la foule massée devant le palais les deux hommes et lui demandent d'en choisir un pour chef, sachant que l'autre sera crucifié sur la colline surplombant Ker-Ahès.

« Manipulée par les bruits qui ont couru, le peuple choisit Gradlon. Le Premier du Conseil des Sages lui-même prononce la sanction contre son gendre : il doit être immédiatement conduit sur le lieu du supplice — lieu qui n'a pas rempli cette fonction depuis des siècles. Des Gor-Den, les gardes "d'élite", en réalité, une soldatesque brutale et fruste, s'emparent du chef spirituel déchu. L'infortuné Caer-Lyon traverse la ville à demi nu, portant sa croix — cela ne vous rappelle rien ? — Sur son passage, les spectateurs, y compris, les plus petits, l'injurient, le martyrisent du bout de leurs baguettes gravées. Il parvient en sang sur le lieu de son exécution.

« La croix n'est pas encore plantée que, déjà, des chasses aux religieux se déclenchent dans tout Ker-Ahès. Tewenneg est immédiatement conscient de la menace qui pèse sur lui. Il se réfugie dans le palais de Gradlon, où Werina et sa fille Dahud-Ahès sont déjà venues s'abriter.

« La ville n'est plus que hurlements, fournaises, hystéries. Les prêtres se font massacrer les uns après les autres. Pendant des heures, Gradlon, souverain légitime plebiscité par le peuple, tente de mettre un frein à cette démence collective. En vain. À la nuit tombée, entouré de quelques rares fidèles, il rentre dans son palais. Là il rencontre Tewenneg qui, désemparé, dépassé par les événements qu'il a provoqués pourtant le supplie de l'aider à s'enfuir, à partir loin de la planète Ispar. Seulement, le félon ne connaît pas le fonctionnement des vaisseaux intersidéraux que la société hyper-développée d'Ispar a mis au point, sans avoir encore eu le temps de les tester et dont il n'existe qu'un prototype basé à quelques kilomètres de la capitale. Gradlon hésite, puis il finit par céder à condition que son frère soit arraché aux griffes de ses bourreaux et parte par ce même vaisseau. Condition d'autant plus *sine qua non* d'ailleurs que Caer-Lyon, affirme le roi, est le seul capable de diriger la manœuvre de l'appareil. De mauvaise grâce mais — a-t-il le choix ? —, dissimulant son déplaisir, Tewenneg accepte.

« Gradlon fait alors préparer trois chars à bord desquels il installe Werina, sa fille et une soixantaine de fidèles du druide. Il confie à sa belle-sœur et amante d'un soir un précieux objet, rangé dans un écrin dont il garde la clé autour de son cou. De son côté, accompagné par l'ancien ermite d'Isipar et par deux gardes sûrs, il part vers la colline des exécutions où ils arrivent juste à temps : assoiffé, blessé, quasi asphyxié, Caer-Lyon est moribond mais il vit encore. Rapidement, Gradlon amène son char, un appareil pesant et lourd mais silencieux et puissant à la fois, près du corps torturé de son frère. L'un des gardes et Tewenneg décrochent le supplicié et l'installent à l'arrière du véhicule. À peine l'opération est-elle terminée qu'une trompe sonne l'alerte. Dans la lumière de torches et de phares, les fugitifs voient sortir de la ville plusieurs chars qui leur donnent la chasse. Pour Gradlon, l'heure n'est plus aux tergiversations. Il sait que son destin vient de basculer. Il appuie à fond sur la manette de l'accélérateur et fonce de toute la puissance de son appareil vers la base spatiale, au nord de la cité.

Quelques minutes plus tard, les premières lueurs de la base sont en vue. Le profil de l'immense vaisseau se découpe sur la nuit. Sa masse sombre, majestueuse, comme une véritable ville avec ses tours et ses clochers, envahit l'horizon. À une centaine de mètres de l'appareil pourtant, autour du bâtiment d'accès au terrain, Gradlon discerne une mêlée confuse. Deux chars sont, semble-t-il, aux prises à une attaque de Gor-Den. Sans doute étaient-ils avec le convoi parti en avance rejoindre le vaisseau. Pourvu que...

« En arrivant à la hauteur de l'affrontement hélas, après avoir, à l'aide de leurs baguettes gravées, anéanti la poignée de fanatiques qui tentaient encore de barrer le passage aux chars, le souverain et ses acolytes doivent constater qu'il ne reste, dans les deux véhicules immobilisés, que deux survivants. Un garde et... la petite Dahud-Ahès, à peine âgée de quatre ans. À côté d'elle, sa mère agonise et rend son dernier souffle dans les bras de Gradlon, inconsciente que son époux se trouve lui-même à quelques centimètres, dans un état critique.

« Mais le temps presse et interdit toute tentation d'apitoiement car déjà, au loin, retentit la rumeur des poursuivants qui, depuis le mont des exécutions, s'acharnent à les rejoindre. Malgré l'émotion qui l'étreint, Gradlon se résigne à abandonner le corps de sa bien-aimée. Il récupère l'écrin et son précieux trésor, puis charge dans son véhicule les deux rescapés et franchit les derniers mètres qui les séparent du vaisseau.

« L'engin — baptisé *Ys 1* — fait près de deux kilomètres de long. Peu de chose à côté de notre *Nerkal*, mais une taille considérable pour cette civilisation qui n'a jusque-là rien connu de tel, même si sa technologie n'a pas franchement à rougir des comparaisons. Parvenu sous le ventre de l'appareil, une ultime hésitation envahit le roi d'Ys : car devant lui et ses compagnons s'ouvrent les portes d'un monde nouveau... ou celles de leur destruction. Alors, brusquement, comme s'il voulait écraser son passé, il frappe d'un grand coup de poing la commande des gaz et fait gravir à son engin le plan incliné ; à peine arrivé sur la plate-forme d'accès, il en saute pour se précipiter vers le dispositif de fermeture de secours et actionne la manette au moment où leurs poursuivants atteignent l'aire de lancement. Il était grand temps : en se refermant, le panneau d'écoutille heurte le premier char qui, après un saut périlleux arrière, vient se fracasser sur le suivant.

« Une fois à l'intérieur, les survivants gagnent le poste de contrôle et Gradlon rassemble autour de lui la vingtaine de fidèles des deux sexes qui, en tête du convoi escortant Werina et sa fille, avaient réussi à pénétrer dans la nef. Il leur transmet ses consignes : sitôt le décollage effectué, chacun devra gagner un des caissons d'hibernation — le vaisseau en compte plusieurs centaines —, pour attendre la fin d'un voyage dont personne, avoue-t-il, ne connaît ni la destination, ni surtout la durée. Car, s'il se fait fort, grâce aux exercices de simulations qu'il a suivis, de réussir à faire partir l'appareil, il a impérativement besoin de l'aide de son frère, Caer-Lyon, pour les manœuvres de franchissement intersidéral. Or ce dernier est dans un tel état de souffrance qu'il est incapable pour l'instant du moindre effort physique et, *a fortiori*, intellectuel. Il faudra attendre son rétablissement en laissant dériver *Ys 1* dans l'espace. Mais que chacun se rassure, les réserves énergétiques contenues dans la soute sont amplement suffisantes.

« Alors, sans plus tarder, Gradlon va s'installer aux commandes du vaisseau. Avec la clé suspendue à son cou, il ouvre l'écrin repris sur le cadavre de Werina et en extrait une superbe croix de cornaline. Celle-là même que notre amie Cornaline a récupéré dans le Château de Dinan[1]. Il insère le joyau dans un emplacement spécialement prévu à cet effet, au milieu du tableau de pilotage et, sous l'œil avide de Tewenneg qui, bien qu'il ne disposât d'aucune formation lui permettant de comprendre l'enchaînement des opérations, a suivi chaque geste du souverain. Lentement, dans un silence quasi religieux, le vaisseau s'arrache au sol et prend de la vitesse.

« Tandis que, sur les écrans panoramiques du poste de commande, s'amenuisent peu à peu les globes jumeaux d'Ispar et d'Isipar, les émigrants de Ker-Ahès s'installent dans les sarcophages hiberno-régénérateurs et referment les coffres sur eux. Gradlon s'occupe personnellement de son frère. Après l'avoir allongé dans l'habitacle transparent, il paramètre des données spécifiques, sensées accélérer la guérison et la récupération du prêtre.

---

1. Voir SF Jimmy Guieu n° 120, *Ankou : la vengeance d'Ys*.

« Laissez-moi vous dire, précisa Gilles Novak à l'intention de ses compagnons, qu'ils utilisaient comme source d'énergie, une pierre qu'ils appelaient Ger-Stan et qui est tout simplement notre améthyste. Les soutes du vaisseau en étaient remplies.

« La guérison de Caer-Lyon est très rapide. Moins d'une journée plus tard, en effet, ses plaies sont cicatrisées et ses lésions internes résorbées. Gradlon vient le réveiller et, en compagnie de Tewenneg, sollicité lui aussi par le souverain malgré les réticences de son frère, tous deux s'installent devant le poste de pilotage pour préparer la manœuvre de franchissement du gouffre intersidéral. Au préalable, ils branchent les casques virtuels pour réviser certaines procédures. Puis, résolument, ils s'approchent d'une zone de passage. " On y va ?" demande le druide. Gradlon se lève de son siège et vient étreindre son frère. Il se dirige ensuite vers Tewenneg et le serre pareillement. Il remet son casque et enclenche le dispositif. Le vaisseau paraît avalé dans un siphon. Tout tournoie ; les écrans s'affolent. Au bord de l'évanouissement, Tewenneg lutte contre une sensation d'anéantissement à laquelle il finit par céder en perdant connaissance. Sur leurs fauteuils, les deux frères s'accrochent désespérément. La chute semble interminable. Devant eux, dans l'effroyable tourbillon coloré qui leur donne le vertige, ils voient surgir un mur. *Ys 1* le percute, le transperce, s'engage dans un nouveau goulot. Toute la structure tremble. Un crissement épouvantable envahit leurs oreilles. Leur crâne semble sur le point d'éclater, leurs narines se dilatent, leurs yeux s'exorbitent. En avant, loin encore, ils voient apparaître une boule bleue. La boule grossit. Des rayons émanent de la sphère, des rayons qui les aspirent, les attirent, les foudroient. Ils ne le savent pas encore, mais ce rayonnement, qui les a fait passer d'un monde à l'autre, va les rendre immortels. Mais eux trois seulement, car les autres, dans leurs sarcophages, n'ont pas été irradiés. Et savez-vous d'où émanaient ces ondes d'attraction irrésistibles ?

Gilles Novak marque une pause et interroge du regard ses amis. Devant le silence, il continue.

— De Run-Bili, le tumulus où nous nous trouvions. Mais dans *Ys 1*, la situation s'aggrave. Le premier, Caer-Lyon, perd connaissance à son tour. Gradlon lutte pour garder les yeux ouverts. Est-ce une chance pour lui ? Avec effroi, il voit monter le sol à vive allure. *In extremis*, il tend le bras pour activer les rétro-fusées. Une grande secousse ébranle l'astronef. Le vaisseau vient de se poser tant bien que mal sur une bande de terre, à proximité de la mer. Dans l'appareil, rien ne bouge.

« Dehors, les rares riverains, habitués à vivre dans un monde envahi de merveilleux, sont à peine étonnés par cette irruption. Le vaisseau s'est enfoncé dans la terre de toute la hauteur de sa base. Finalement, n'affleurent au-dessus du sol que les tourelles et autres éminences qui donnent à l'ensemble l'apparence d'une ville — quelque peu futuriste pour cette Bretagne du IVe siècle, il est vrai. Vous avez deviné qu'ils se sont posés dans un secteur situé grossièrement entre l'actuel cap de la Chèvre et la pointe du Van. Mais à l'époque, bien sûr, les terres ne s'étaient pas encore effondrées.

« Les Extraterrestres — puisqu'il faut bien les appeler ainsi — vont mettre une journée à reprendre connaissance. Gradlon, Caer-Lyon et Tewenneg ne savent pas encore qu'ils sont immortels — ils l'apprendront peu à peu —, mais ils constatent d'emblée que le saut spatio-temporel les a fait vieillir de trente bonnes années, tout en leur conservant la vigueur de leur âge naturel. Ils vont réveiller tous leurs camarades en hibernation. Après s'être assurés que l'air extérieur était respirable, ils sortent. L'allure de la région est assez voisine du paysage qu'ils ont quitté. Je vais vous passer les détails de leur installation parce que le temps file. Toujours est-il qu'ils transforment somme toute l'extérieur de leur vaisseau en véritable ville. L'accès à l'intérieur, aux souterrains — c'est-à-dire l'intérieur véritable de l'astronef — sera toujours réservé aux émigrants authentiques de la communauté d'Ys. Car progressivement, ils vont se mêler aux Terriens. Et certains de ces derniers viennent habiter dans la cité enchantée tombée du ciel. Les évadés d'Ys constatent rapidement que leurs appareils évolués ne fonctionnent pas dans cette dimension. Ils arrivent encore à transformer le Ger-Stan en énergie, mais, leurs chars, par exemple, restent cloués sur place. Les baguettes gravées ont un effet sur eux, mais pas sur les Terriens. Bientôt, ils s'apercevront, contraints et forcés, qu'elles agissent aussi sur d'autres créatures, appartenant à l'évidence à d'autres dimensions. C'est le cas, comme vous le savez, des géants et d'une race particulièrement minuscule de « Petits Gris » que nous avons nos-mêmes affronté avec de telles armes [1]. Au cours du temps, ils vont apprendre à construire de nouveaux véhicules, de nouvelles machines, qui bénéficieront de leur technologie d'Ispar — pensez au petit train souterrain que nous avons emprunté pour nous rendre au Château de Dinan [2] —, mais jamais ils ne parviendront à faire refonctionner leurs engins immobilisés. Mais pour l'instant nous n'en sommes pas là.

« Le roi de Bretagne lorsqu'ils atterrissent s'appelle Conan Mériadec. Sans pouvoir utiliser leur technologie, mais en faisant appel à quelques petits trucs et secrets rapportés d'Ispar, Gradlon et ses amis vont apporter une aide déterminante au souverain. En retour, ce dernier manifeste sa gratitude en « bombardant » l'ancien chef temporel d'Ys du titre de baron. Soucieux de vivre en bonne entente avec ses voisins terriens, celui-ci ne se risque pas à refuser. Et, juste retour de l'Histoire, lorsque Conan meurt, Gradlon est appelé par le peuple de Bretagne tout entier à lui succéder. Seu-

1. Voir SF Jimmy Guieu n° 120, *Ankou : la vengeance d'Ys*.
2. Ibid.

lement, le retour de l'Histoire ne s'arrête pas là. En passant dans une nouvelle dimension, Tewenneg, lui, n'a pas abandonné ses rancunes. Il a même ramené avec lui un exemplaire de ses « Manuscrits de la Planète Morte ». À l'époque, les Bretons sont païens. Les Ys ont été surpris de découvrir un de leurs dieux, Bélenos, qui présente bien des ressemblances avec leur propre Bel. Et de ce fait, ils vénèrent désormais aussi bien l'un que l'autre, ce qui réjouit les gens de Bretagne. Mais un nouveau culte arrive, plus sombre, plus effrayant ; un culte qui réprouve la joie, obligeant ses desservants à se tonsurer, voire à se flageller. Vous l'avez reconnu, c'est le christianisme le plus fanatique des premiers missionnaires, dans lesquels Tewenneg va retrouver un parfait reflet de sa propre doctrine. Il noue des contacts avec le chef local des chrétiens celtes, un certain Kowrantin — que l'Histoire reconnaît sous le nom de Corentin. Les rapports se font plus étroits. L'homme d'Ys saisit immédiatement tout le parti qu'il peut tirer de cette nouvelle machine de guerre. Et surtout, les chrétiens disposent déjà de troupes nombreuses. Aussi Tewenneg se fait-il baptiser par Corentin et prend le nom de Guénolé. Sous couvert du christianisme, il va mettre en place l'ordre qu'il avait tenté de développer sur Ispar. C'est là que la légende épouse l'Histoire. Ce que je vais raconter maintenant va vous paraître familier sous bien des aspects.

« Ys devient la cité parfaite. Ils ont reproduit sur

Terre la société d'harmonie d'Ispar[1]. Gradlon est le roi, Caer-Lyon son grand-prêtre, Bel/Bélénos son dieu. La jeune Dahud-Ahès grandit en beauté et en intelligence et rappelle chaque jour un peu plus sa mère aux deux frères. Dans l'ombre, Tewenneg/Guénolé poursuit ses manigances. Il s'est juré la perte des deux frères et de la société exécrée d'Ys. Il y parviendra. Progressivement, il convainc Gradlon de la puissance des chrétiens. Ces derniers pourraient être une aide formidable pour le souverain dont les dieux sont appelés à disparaître. Avec la complicité de Corentin qui lui fournit tout un arsenal de stupéfiants aux « vertus » hallucinogènes diverses, Guénolé persuade le roi que sa ville est devenue un gigantesque lupanar, abandonnée aux vices, là où l'on ne devrait voir que beauté, bonté et lumière. Dahud, particulièrement, suscite une haine toute particulière de la part du nouveau chrétien fanatique. Tout et si bien que la jeune femme finit par s'éloigner de son père génétique peut se rapprocher peu à peu de son oncle, Caer-Lyon.

« L'Histoire aboutira là où vous savez. Un soir de prêche particulièrement violent, Guénolé — lui-même sous l'emprise de la drogue — met dans la tête de Gradlon la nécessité de détruire la nouvelle Sodome. Le roi se précipite dans les souterrains de la ville et atteint l'ancien poste de contrôle de

1. Ne dit-on pas que Lutèce a choisi de se rebaptiser Paris, pour signifier que ses habitants ambitionnaient de faire de leur cité une « Pareille à Ys » ?

l'astronef. Depuis l'atterrissage violent, l'impact a créé une fragilité des sédiments terrestres dans cet endroit tourmenté, sujet, du côté de la terre, à des forces telluriques puissantes, et du côté de la mer, au passage du Gulf Stream et de nombreux courants antagonistes. Une faille s'est créée sous *Ys 1* et possède de nombreuses ramifications dans toutes les directions. Gradlon se met aux commandes de l'appareil. L'immense vaisseau tremble, s'ébranle. Il ne peut naturellement décoller. Le roi insiste. En haut, dans la ville, les habitants ont l'impression qu'un tremblement de terre vient de commencer. Les grincements de la structure alarment Caer-Lyon. Il se précipite chez son frère. Il n'y a personne. Dans une rue, on lui dit avoir aperçu le souverain en compagnie de Guénolé, partant vers les souterrains. Craignant le pire, Caer-Lyon s'élance vers le sous-sol de la ville. Il sait que les deux hommes n'ont pu se rendre qu'en un seul endroit. Il les retrouve effectivement, hallucinés, s'acharnant sur les commandes. Déjà, ce n'est plus seulement le vaisseau qui tremble, c'est la terre elle-même qui hurle son désespoir. Dans un vacarme effroyable, elle s'entrouvre, les failles fragilisées se remettent à bouger. Le druide se précipite vers le tableau de commandes et arrache la croix de cornaline. Le vaisseau redevient muet... mais il est le seul à l'être. Gradlon et Guénolé crachent leur venin contre l'intrus. Celui-ci se précipite dans les couloirs, appelle à l'aide. Les murs tremblent dans un bruit infernal. Alors qu'il met le pied sur un escalier, le grand prêtre sent toute la structure vaciller. Il doit se hâter de remonter.

« Dans Ys, c'est la panique. Les Terriens s'enfuient. Certains tombent dans de gigantesques fissures du sol, d'autres se noient alors que l'eau déjà s'engouffre dans les rues. Caer-Lyon serre précieusement la croix. Il retrouve sa nièce Dahud ; ensemble, ils tentent précipitamment de réunir tous ceux qui viennent d'Ys et leurs héritiers directs nés sur Terre. Sans avoir le temps de sauver quoi que ce soit, ils s'emparent de chevaux et fuient au plus vite dans la direction de ce qui est aujourd'hui le cap de la Chèvre. Cela représente une petite cinquantaine d'individus.

« Gradlon et Guénolé, dans leur brouillard artificiel, parviennent à grand-peine à s'extraire de leur piège. Une nouvelle fois, le félon a manqué être victime de ses turpitudes. Et tandis que la ville penche de quarante-cinq degrés que le sol s'entrouvre, ils récupèrent deux chevaux abandonnés par les fuyards, qui hennissent et ruent de plus belle. Sautant sur leur dos, ils partent à bride abattue vers l'intérieur des terres. Au même instant, un craquement phénoménal déchire la nuit de pleine lune. Une tempête se déchaîne. Des vagues monstrueuses s'enroulent vers le ciel. Des pans entiers s'effondrent dans la mer. Un raz-de-marée s'engouffre dans les terres, comme s'il poursuivait les responsables de ce drame. Les deux fugitifs agrippent les crinières de leurs destriers. Ils sentent les embruns sur leurs talons et la fraîcheur des lames déferlantes. Les kilomètres se succèdent. Les vagues ne faiblissent pas dans leur dos et envahissent les vallées luxuriantes et plates. Enfin, ils arrivent aux premiers contreforts du Menez-Hom. Dans un dernier effort, les montures entament cette ultime montée, mais s'effondrent d'épuisement à peine l'ascension entreprise. Une vague recouvre les deux hommes qui ont mordu la poussière. Puis le ressac reflue et l'eau bienfaisante se glisse autour de leurs corps. Une petite langue d'embruns revient leur lécher les jambes. La déferlante s'est arrêtée et la baie de Douarnenez vient de prendre la physionomie qu'on lui connaît encore aujourd'hui.

« À plusieurs kilomètres de là, les anciens d'Ys, près du cap de la Chèvre, ont vu la terre disparaître derrière eux. Ils se retrouvent au bord d'une falaise, là où, quelques minutes plus tôt, se languissait une douce colline. Les premières lueurs de l'aube leur apporte un spectacle aussi éblouissant qu'effroyable. Si la tempête a cessé, la mer demeure déchaînée, colérique. Et jusqu'à aujourd'hui, sa fureur n'est jamais retombée et, du côté du raz de Sein, elle se souvient du mauvais tour que lui a joué Gradlon.

« Au cours de quelques journées suivantes, les anciens d'Ys vont s'efforcer de récupérer tout ce que la mer leur rendra sur les grèves. Peu de choses, en somme. Un temps, ils envisageront de demeurer près du cap de la Chèvre dans un village qu'ils commencent à construire. C'est l'ancien Men-Coz que nous connaissons. Mais rapidement, ils vont être en butte aux assauts des Bretons qui leur reprochent la catastrophe d'Ys et l'invasion par l'eau d'une vallée riche et fertile, essentielle pour leur subsistance. Et une autre menace survient : de monstrueuses bêtes de grandes tailles et leurs alliés nains. Si bien qu'un beau jour, Caer-Lyon se voit contraint d'aller trouver un autre refuge. À bord de barques, ils gagnent une terre face à la pointe du Raz : l'île de Sein où vivent neuf prêtresses avec lesquelles le druide avait déjà été en contact.

— Mais, ils habitent toujours Men-Coz aujourd'hui, fait remarquer Alain le Kern.

— Non, ils y viennent pour certaines cérémonies ou en diverses occasions. C'est tout. Ordinairement, ils vivent dans l'île des sept sommeils, une dimension de l'île de Sein qu'ils appellent aussi Enez Bel, l'île de Bel.

— Comment ont-ils appris à passer comme cela dans d'autres dimensions ? interrogea Régine.

— Avec l'aide des druidesses de Sein qui maîtrisaient déjà cette technique et Caer-Lyon a ajouté sa connaissance.

Stéphane Lefart posa la question qui lui brûlait les lèvres :

— Et Cornaline, dans tout ça ?

— J'y viens. Donc après la catastrophe, les rescapés s'organisent tant bien que mal. Caer-Lyon a confié à sa nièce la garde de la précieuse croix qui un jour peut-être — mais il n'y croit guère — leur permettra de faire redémarrer le vaisseau englouti.

Seulement, après une attaque des géants, ils s'ap-çoivent que l'objet sacré a disparu. Ils ne le retrouveront jamais... jusqu'à il y a un mois, lorsque notre amie Cornaline a remis la main dessus dans l'antre des géants. Et Cornaline, précisément, s'inscrit parfaitement dans cette histoire. Souvenez-vous qu'à la différence de ses pères et oncle, Dahud n'est pas devenue immortelle. Elle a enfanté une petite fille. Et pour que toujours la communauté se souvienne de cette clé sacrée, la croix en cornaline, ils lui ont donné ce nom. Et depuis lors, chaque Cornaline a enfanté une fille au moins à laquelle elle a transmis ce nom. C'est, d'une certaine manière, la prêtresse-gardienne des clés et du foyer de la communauté. Donc, mon cher Stéphane, tu peux imaginer l'importance de ta Cornaline pour ces descendants des premiers voyageurs d'Ispar, lorsqu'elle a retrouvé la clé.

— Cornaline est donc l'arrière-arrière-arrière-etc-petite-fille de Dahud ?

— Oui, Stéphane, et ainsi de Gradlon... ou Le Coz, approuva Gilles.

— Comment ? Gradlon et Le Coz ne font qu'un ? s'étonna Régine.

— Bien sûr, je pensais que vous l'aviez tous compris. Après avoir échappé aux vagues, nos deux compères se sont empressés d'aller rejoindre un centre chrétien. Là ils ont présenté leur version des faits, celle que l'on connaît aujourd'hui : la licencieuse Dahud avait ouvert les portes de la mer pour faire plaisir à un prince rouge, le diable en personne, et Ys avait été engloutie. À vrai dire, je n'ai jamais compris cette histoire. Pourquoi des êtres décadents, et en premier lieu le diable s'il s'était agi de lui, auraient-ils ressenti la nécessité de détruire leur théâtre de débauche ? À la limite, on aurait compris qu'effectivement Guénolé s'en charge. Mais ce n'est pas le récit qu'il a fait.

— Une fois de plus, il a dû s'empêtrer dans ses histoires.

Tous rirent à la remarque de Daniel, qui se hâta d'ajouter :

— Il a vraiment pas eu une vie gaie... nolé.

— Oh, celle-là, tu aurais pu nous l'éviter, tança le journaliste en souriant.

— *Mea culpa. Mea maxima culpa*, répondit le coupable en se signant.

— Cette fois, l'histoire est finie? s'enquit Monique.

— Presque. Mais je ne vous ai pas encore raconté la transformation de Gradlon en Le Coz. Après l'épreuve, Gradlon perd le goût de la vie avec la perte de sa fille chérie et de sa cité magnifique. Les effets des drogues s'évaporant, il prend conscience de son immense faute. Il n'est plus que l'ombre de lui-même. Guénolé triomphant se réjouit de voir, jour après jour, son ennemi se décomposer. Il ne sait pas encore qu'ils sont immortels, mais il se plaît à garder auprès de lui l'ancien souverain pour contempler sa lente déchéance. C'est pour cette raison qu'il l'emmène avec lui lorsqu'il part établir un ermitage sur les bords de la rivière qui s'appellera l'Aulne. En toute modestie, il baptise l'endroit le monastère de Tewenneg, c'est-à-dire Lan Tewenneg, devenu Landévennec. Progressivement, il établit son ordre autour de lui avec quelques fidèles à l'âme noire ou qu'il s'empresse de noircir. Il tente de convertir Gradlon à ses vues et dans ses prêches, il lui parle de son dieu noir Le Du. "C'est toi Le Noir" réplique invariablement le vieux roi. Et en retour, le moine le traite de vieux décrépit, de débris... Entre eux, ils en viennent fréquemment à s'appeler Le Du ou Le Coz[1].

« Mais le temps passant, il devient de plus en plus manifeste que le temps précisément n'a pas d'emprise sur eux. Parmi les fidèles et au sein même de la communauté, on commence à jaser, des bruits courent. Si pendant un certain temps, Guénolé peut attribuer à sa grande piété ce présent divin, l'explication fait long feu. Et un jour, ils disparaissent. Guénolé et Gradlon sont partis se cacher ou voyager, en tous les cas se mettre à l'écart. Ils laissent passer quelques générations, au moins le temps que tout témoin oculaire ait disparu... puis ils reviennent à Landévennec, l'un sous le nom de Le Du, l'autre de Le Coz. Et l'histoire va se répéter comme cela tous les trente ou quarante ans. Et tous les quarante ou cinquante ans plus tard, on trouve dans le registre de l'abbaye un Le Du et un Le Coz...

---

1. C'est-à-dire « Le noir » et « Le vieux ».

« Plus tard, l'abbaye va être désaffectée. C'est en 1950 qu'elle a été rendue aux Bénédictins de Kerbéneat. Le Du n'a pas tardé à y revenir, sous le couvert de la Congrégation pour la doctrine de la foi. Quant à Le Coz, il s'est enfin affranchi de la tutelle du moine. Il s'est réconcilié avec la descendante de sa fille, Cornaline, mais n'a jamais pu réintégrer la communauté d'Ys, qui continue de lui en vouloir... et craint surtout l'ombre de Guénolé qui, croient-ils, pourrait se profiler rapidement derrière l'ancien souverain.

CHAPITRE IV

— C'est une formidable histoire, admit Monique Augeix. Tu as dû vivre des moments extraordinaires sous le casque, au regard des quelques secondes que nous y avons passé. Mais en quoi ce récit nous éclaire-t-il sur les événements présents ?

— Je le crois au contraire essentiel, objecta Gilles Novak. Au-delà de l'anecdote, nous comprenons mieux l'importance des différents protagonistes, la valeur phénoménale de la croix en cornaline, les motivations possibles des gens d'Ispar, la disparition totale improbable de Le Coz et Le Du...

— Tu y crois, toi, à leur immortalité ? fit Daniel avec une moue sceptique.

— Je ne me pose même pas ce type de question pour l'instant, mon cher Daniel. Mais nous avons tous vu des choses tellement incroyables, après tout... Admets qu'un simple voyage spatio-temporel, *a fortiori*, un saut dans une autre dimension, sort de l'ordinaire.

Au même moment, les huit compagnons virent

se matérialiser au milieu de l'habitacle huit multi-rays, en tous points semblables à ceux dont ils étaient équipés — à l'exception de Stéphane qui, attendant son initiation au sein de l'Ordre, n'avait pas reçu sa dotation, comportant notamment cette arme aux possibilités exceptionnelles et un ceinturon dégraviteur-propulseur, entre autres gadgets.

— Demande au *Nerkal* si ce sont eux qui ont envoyé ces petits cadeaux.

Le *Nerkal* — l'immense vaisseau amiral de l'Ordre des Chevaliers de Lumière, d'une longueur de huit mille mètres de long, véritable cité spatiale aux innombrables ponts — devait se trouver en orbite géostationnaire à trente-six mille kilomètres. Cette distance n'altérait en rien les communications télépathiques pour les Vahouns.

Shorung-N'Taal formula donc sa question mentalement. La réponse aurait dû parvenir quasi instantanément. Deux secondes s'écoulèrent. Cinq. Puis dix. Maintenant trente. Au bout de quarante secondes, il devint évident que le *Nerkal* ne répondrait pas... par cette voie tout au moins.

Un écran-message s'anima. Pratiquement sans délai, le Cassiopéen déchiffra le code crypté de manière ultra-complexe, car nécessitant neuf grilles de décomposition. En outre, il était rédigé en bankloar, l'un des langages génériques interplanétaires qu'utilisaient les Chevaliers de Lumière... mais que d'autres créatures pouvaient avoir quelque difficulté à comprendre.

— Servez-vous bien des petits cadeaux. Ils

pourront vous être utiles prochainement, lut le médium à l'attention de ses amis.

— Au moins, nous avons la confirmation que c'est bien le *Nerkal* qui a envoyé le présent et qu'ils sont bien en « écoute psi ».

— Ne pense pas trop à nous, Alain. Il y a tant de choses plus intéressantes, déchiffra l'Extraterrestre alors qu'un nouveau texte venait d'arriver.

— Demande-leur ce que ce multirays a de différent avec les nôtres.

— Si tu me permets, je ne crois pas que ce soit présentement judicieux. Le *Nerkal* semble vouloir rompre les communications. Il vaut mieux suivre leur conseil.

Le banneret prit dans sa poche l'ancien multirays et le compara avec un nouveau. Il constata immédiatement que le curseur comportait une position supplémentaire. Mais à quoi pouvait-elle servir? Ignorant son effet, il lui était difficile de tirer sur n'importe quoi à l'aveuglette ? Enfin, le haut commandement du *Nerkal* devait savoir ce qu'il faisait...

— « Allez ! *Au bouleau*, mes frères et sœurs ! Signé : Grand-Maître Michel », murmura pensivement Shorung. À toutes fins utiles, je vous confirme bien que notre vénérable Grand-Maître a écrit « boulot », e-a-u.

— Je crois comprendre, nota le journaliste sans éclairer la lanterne de ses amis.

— Oui, cher Gilles, le réprimanda le Vahoun, mais, s'il te plaît, *pense moins*. C'est manifestement ce que le *Nerkal* nous demande d'éviter. Il doit y avoir un ennemi qui épie nos pensées.

— Bien vu. En tout cas, il y en a un qui s'en sort bien : c'est notre ami et bientôt frère Stéphane, qui maintenant va être équipé d'un multirays.

— J'm'en sors bien... j'm'en sors bien, ronchonna l'intéressé. Faut voir. Je m'en sortirai vraiment bien quand nous aurons retrouvé Cornaline. Parce que là, elle me semble tombée en de bien mauvaises mains.

— Vous allez croire que nous ne faisons que des allers-retours, les amis, mais l'urgence me semble d'aller chercher la croix de cornaline, si « par hasard » elle a été oubliée dans le penti.

Tous approuvèrent la proposition du banneret... y compris le jésuite qui n'en voyait pour l'instant pas de meilleure et qui, à défaut d'autre chose, se réjouissait de retrouver le cadre familier de la jeune femme.

Le pilote du *CDL 9* prit le cap exactement inverse à celui de l'aller. Parvenus à l'aplomb du penti, le chef du commando Alpha et ses troupes s'apprêtèrent à être translatés.

— Attendez, n'allez pas chercher en aveugle, leur dit Shorung-N'Taal.

Il alluma son écran-détecteur et paramétra des données. Il rentra dans l'ordinateur la forme, la densité, la composition gazeuse de la cornaline et tous les éléments utiles. Puis un rayon balaya l'intégralité des deux bâtiments. C'est dans la dépendance qu'il identifia l'objet, dans la petite pièce faisant office de temple.

Gilles, de nouveau, se disposa pour aller récupérer l'objet.

— Un instant, recommanda le Vahoun. Je sens quelque chose.

Il régla un autre moniteur sur lequel se répercutaient les informations du détecteur thermique. Une forme rouge auréolée de jaune et d'orange se promenait à l'intérieur de la maison principale.

— Il y a quelqu'un, grommela le pilote du *Nerkal*. Pas de pensées particulières me permettant de l'identifier.

En deux vagues successives, les sept Chevaliers de Lumière furent translatés à terre. Les quatre premiers — Gilles, Régine, Stéphane et Daniel — se positionnèrent de chaque côté de l'entrée, multirays au poing. Deux autres contournèrent la maison. Quant à Alain, il demeura en appui, prêt à aller récupérer la clé de la dépendance, dès que la porte serait ouverte. Doucement, le chef du commando pressa le loquet de l'entrée. Il se déplaça sans un bruit, puis le journaliste poussa la porte et se retrouva nez à nez avec... Cornaline.

— Eh bien, Cornaline ! s'exclama-t-il, alors que les trois autres s'engageaient derrière lui. Où étais-tu passée ?

Avant d'avoir pu répondre, Stéphane s'était précipité vers elle en bousculant presque son camarade banneret dans l'étroit couloir. Le jeune homme posa la main sur la taille de son amie et fit mine de vouloir l'embrasser... mais au lieu des lèvres, c'est tout juste si elle lui offrit une joue et simultanément elle se déhancha pour échapper à l'étreinte de son amant empressé en lui décochant un regard d'une noirceur qui aurait fait... pâlir d'envie une seiche !

L'attitude distante de la maîtresse de maison étonna les arrivants. Alain, qui venait d'entrer, décrocha la clé de la dépendance fixée à son crochet.

— Eh que faites... que fais-tu ?

— Je... je...

Il reposa la clé et balbutia une explication :

— Je ne savais pas que tu étais rentrée... je voulais m'assurer que... que la porte était bien fermée.

Le géomancien était parfaitement conscient et honteux de l'inanité de son prétexte.

— Mais enfin, Cornaline, vas-tu nous dire où tu étais ? insista le directeur de *LEM*.

— Nous n'avons pas cessé de nous inquiéter, ajouta la photographe.

— Mais il ne fallait pas. J'étais à Morgat. Entrez, entrez, vous prendrez bien quelque chose.

Elle invita du geste les Chevaliers de Lumière à entrer dans la pièce principale. Les cinq amis pénétrèrent dans la salle à manger. De l'autre côté de la fenêtre, sur l'écran noir de la nuit, une tête s'agitait en tentant de regarder à travers la fenêtre.

— Qui est-ce encore ? s'énerva la jeune femme.

— Mais Jean, naturellement, s'étonna Régine. Oh, c'est vrai que tu ne connais pas Jean et Monique. Attends, il faut qu'on te les présente.

La compagne de Gilles fit des signes au châtelain pour qu'ils refassent le tour de la maison et viennent les retrouver.

— J'y vais, intervint Alain. Ils ne connaissent pas la maison et risquent de se perdre.

— Franchement... commença Régine, mais Gilles lui mit la main sur le bras pour l'interrompre.

Il avait compris.

Alain se hâta de parcourir le couloir, décrocha au passage la clé de la maison arrière, traversa en courant la cour et, dans le noir, il inséra avec un peu de difficulté le passe dans la serrure. Voyant dans l'ombre le couple d'Occitanie approcher du porche de pierre, il chuchota :

— N'allez pas trop vite ! Laissez-moi le temps d'aller récupérer la croix...

Vingt secondes à peine plus tard, il réapparaissait dans le jardinet, les mains vides et les joues contractées.

— *Trop tard*, entendit-il dans son crâne, suivi d'un grand rire.

— *Ça te fait rire, mon frère, de me faire courir ?...*

— *Oh oui, beaucoup.*

Et le rire redoubla de plus belle. Jean lui administra une petite tape sur l'épaule :

— Allez, mon vieux. L'important c'est que la croix soit en sécurité.

Ils butèrent contre une Cornaline furieuse.

— Décidément c'est une manie ! invectiva-t-elle pratiquement le pauvre Alain, doublement déconfit.

Elle tendit la main pour récupérer la clé et se dirigea, à son tour, de l'autre côté de la cour. La jeune blonde demeura à l'arrière quelque temps. Dans la pièce principale, les Chevaliers faisaient le point.

— Qu'est-ce qu'elle a ton amie ? demanda Monique, ulcérée par l'arrogance de Cornaline. Elle ne nous a même pas dit bonjour !

— Je ne sais pas, soupira Stéphane. Quelque chose l'énerve.

— C'est plus que cela, fit remarquer Gilles. Il y a quelque chose qui cloche. Je veux bien qu'elle soit un peu changeante, mais son attitude vis-à-vis de toi, à la limite de la désobligeance, ne cadre pas avec sa psychologie, même si elle voulait te délivrer ton congé. Et je ne crois pas un seul instant qu'elle soit simplement descendue à Morgat. Enfin, sa réaction vis-à-vis d'Alain est excessive. Je sais qu'elle m'avait un jour reproché de fouiner partout [1], mais quand même...

Stéphane Lefart prit d'une impulsion subite, s'élança à l'extérieur de la salle. Il partit en courant rejoindre Cornaline à l'arrière du penti. Au rez-de-chaussée, il pénétra dans le bureau dont le mur de gauche était recouvert de rayonnages supportant de nombreux dossiers. La harpe celtique avait changé de place et se trouvait maintenant au pied de l'escalier menant à l'étage supérieur. La table rustique était parfaitement rangée. La porte donnant vers le temple était ouverte et un faisceau de lampe-torche balayait l'intérieur du sanctuaire. Il se dirigea dans

1. Voir SF Jimmy Guieu n° 120, *Ankou, la vengeance d'Ys*.

cette direction. La jeune femme fouillait l'endroit en quête de quelque chose. Elle sursauta en voyant surgir comme un fou le jeune homme. Elle n'eut pas le temps de parler. Stéphane l'inonda sous un flot de paroles.

— Qu'est-ce qui te prend ? Tu ne donnes pas une nouvelle de toi pendant plus d'une semaine. Tu disparais complètement. Tout le monde s'inquiète et quand tu réapparais, tu fais la... gueule en snobant tout le monde et en te montrant parfaitement désagréable ! Qu'est-ce qui ne va pas ? Tu as un problème ? On peut t'aider ?

La jeune femme mit un doigt sur ses lèvres pour inviter le jeune homme au silence dans la pièce consacrée, et, le prenant par le bras, elle le ramena vers le bureau.

— J'en ai marre de ces tergiversations. Tu me dois quelques explications, tu ne crois pas ?

— C'est tout ?

— Non. Tu sais que tu es très belle et tu crois que les hommes ne s'intéressent à toi qu'à cause de ta beauté, alors que tu voudrais qu'ils s'intéressent à toi pour ce que tu es, pour toi. Seulement, ta beauté mise à part, tu es revêche, agressive, d'humeur maussade, renfermée. Oh naturellement, je sais que tu voudrais trouver quelqu'un qui dépasse tout ça pour savoir qui tu es vraiment. Le hic, c'est justement que l'on ne peut avoir envie de dépasser tout ça qu'à cause de ta beauté. Au fond, ton vrai problème, c'est toi.

— Oh oh... tu es en verve ce soir. C'est de toi, tout ça ?

— Non, rugit le jeune homme excédé qui s'attendait à une gifle, c'est de mémoire ce que Jack Nicholson dit à Michelle Pfeiffer dans le film *Wolf*. Et comme tu me fais penser à Michelle Pfeiffer, je trouvais la citation de circonstance.

— Si tu es calmé, tu vas pouvoir me suivre et me dire où tes amis ont mis la croix de cornaline.

— Mes amis sont aussi les tiens, à ma connaissance.

— Tu ne réponds pas à ma question.

— Eh bien, tu n'as qu'à la leur poser directement.

— C'est bien ce que je vais faire.

À son entrée dans la grande salle, toutes les conversations cessèrent.

— Il y a quelque chose qui m'appartient que vous avez « emprunté ». J'aimerais que vous me le rendiez.

— Quelle chose ? fit naïvement Daniel Huguet.

— Ne faites pas les idiots. N'oubliez pas que j'ai quelques dons de télépathie. Et la croix a bel et bien disparu. Elle est en votre possession. Je veux que vous me la restituiez.

— C'est vrai, Cornaline. Nous avons la croix. Mais nous n'avons absolument pas l'intention de te la subtiliser. Il nous a seulement semblé qu'elle était plus en sécurité avec nous.

— Vous ne manquez pas de culot ! Alors j'attends, lequel d'entre vous a la croix ?

Le silence s'imposa de nouveau. Une main sur la hanche, Cornaline tendit l'autre alternativement vers chacun des présents.

— Nous n'avons pas la croix. Elle est déjà en sécurité, indiqua Gilles, lorsque la jeune femme se planta devant lui.

— C'est ça, en cinq minutes, alors qu'Alain se livrait à ses petites manigances, il y a un instant encore, pour se rendre au fond.

— Mais lorsque je suis arrivé, il n'y avait plus rien.

Et il ne mentait pas.

— Où-est-la-croix ? demanda-t-elle encore agacée. Vous n'avez même de véhicules, alors vous n'avez pas pu la cacher loin.

— Dites-lui, après tout, intervint Stéphane Lefart. Même si elle est horripilante, c'est vrai qu'elle est à elle. Allez, Alain, rends-la, si tu l'as.

— Je ne l'ai pas, elle avait *vraiment* disparu quand je suis...

— *Vite, il se passe quelque chose du côté de Men-Coz.*

Tous avaient entendu la voix mentale du Vahoun, y compris Cornaline. L'espace d'un instant, cette dernière afficha une expression ahurie. Si quelqu'un l'avait regardée, il aurait pu être encore plus étonné de voir son air effaré lorsqu'elle se fit translater à bord du *CDL 9*. Stéphane la regardait bien, mais il était trop préoccupé par ses pensées pour s'apercevoir des changements de physionomie de la jeune femme. Elle écarquilla de plus belle les yeux en voyant sur une table basse du poste de pilotage la fameuse croix de cornaline.

— Il y a du mouvement à Men-Coz ! Un affrontement, semble-t-il. J'ai jugé utile de vous rapatrier séance tenante, expliqua le Cassiopéen.

— Tu as parfaitement bien fait, le gratifia le chef du commando.

Dans la nuit noire, le *CDL 9* s'éleva au-dessus des pins et fila au sud en direction du sémaphore du cap de la Chèvre, dont on apercevait les petites lumières. Rapidement, les Chevaliers de Lumière passèrent des combinaisons noires et bouclèrent leur ceinturon dégravito-propulseur autour de la taille.

— Je n'en ai pas, se plaignit Stéphane Lefart.

— Va en chercher un dans une cabine, proposa Gilles. Enfin, non, tu n'auras pas le temps. Reste plutôt ici et occupe-toi de Cornaline.

Au passage, peu avant d'arriver au Cap, sur la droite, Shorung-N'Taal indiqua une zone dans l'obscurité. Pas une maison n'était éclairée.

— Kergonan, dit le Vahoun. C'est là qu'habite ce fameux Jean René aux pratiques éminemment douteuses...

— Et maffieuses, ajouta Alain le Kern.

— Il faudra quand même que l'on aille lui rendre visite un jour, observa le chef du commando.

— Comme à la grande époque, lorsque nous nous occupions des maffiosi les uns après les autres [1] ! s'exclama Daniel, la mine réjouie en brandissant son poing.

---

1. Voir notamment SF Jimmy Guieu n° 107, *Réseau Alpha*.

Au niveau de Rostudel, le *CDL 9* amorça un mouvement vers la gauche pour se laisser descendre dans une déclivité du terrain. Dans le noir, absolument aucun mouvement n'était visible. Aucune lueur ne montait du sol. Déjà en plein jour, le secteur était particulièrement sinistre et obscur.

— Je ne capte pas de déplacement. Mais j'ai l'impression qu'il y a du monde, en dessous, déclara le Vahoun.

Le commando enfila les cagoules noires.

— N'oubliez pas les nouveaux multirays, leur rappela le Cassiopéen.

— Soyez prudents, leur lança le jésuite qui les voyait partir à regret et que, vu l'humeur de son amie, la perspective de rester avec Cornaline ne réconfortait pas vraiment.

La nuit n'était pas froide. Les combinaisons thermo-régulatrices maintenaient, de toute façon, les corps du commando à température constante. D'un geste, Gilles sépara son équipe en trois couples. Puis chaque duo s'éleva silencieusement grâce au ceinturon dégravito-propulseur. Ils se coulèrent entre les ombres inquiétantes des ruines du village de Men Coz. Pour se protéger, les membres d'Ys avaient réussi à dissimuler le véritable village dans une dimension parallèle, où les habitations demeuraient intactes. Mais dans la dimension « normale », celle de Gilles et de ses amis, le village n'était qu'un vestige envahi par les plantes grimantes, à l'atmosphère éprouvante, terrifiante. Mais finalement, de nuit, l'ambiance était moins effroyable. Qu'avait repéré Shorung qui nécessitât une intervention immédiate ? Il n'y avait pas trace d'un quelconque engagement. De la main, Gilles arrêta Régine par la taille. Soulevant légèrement sa cagoule, il tendit l'oreille. On ne percevait que le bruit du ressac se fracassant contre les falaises et le vent dans les pins. Loin dans la baie, un petit sardinier rentrait à Douarnenez. Les voix des marins portaient loin sur l'eau et le son régulier du moteur allait décroissant.

Le village était aussi silencieux qu'à son habitude. Le capteur d'agressivité, implanté dans la boîte crânienne des membres du commando Alpha, ne réagissait pas. Mais il ne fallait pas trop s'y fier. Les spécialistes du *Nerkal* les avaient averti que le système n'était pas au point et, qu'au bout d'un certain temps, ses effets avaient été neutralisés. Il faudrait qu'il pense un jour à se le faire enlever : il n'avait pas besoin de bout de ferraille inutile dans la tête, aussi microscopique fût-il. Au terme d'un tour complet entre les bâtiments, ils se rassemblèrent sur la place centrale. Aucun des six commandos n'avait vu le moindre indice anormal. Par acquis de conscience, Gilles tira de sa poche une lampe Maglite. Il l'alluma et pointa le faisceau vers le sol... *jonché de corps ensanglantés*. Certains portaient de simples costumes noirs. D'autres étaient habillés de tenues plus rocambolesques, tenant plus du déguisement celtique ou médiéval que du jean-tee-shirt réglementaire.

— Ys, murmura Monique.

— Et les Gor-Den, ajouta Gilles en braquant sa lampe sur un des hommes en noir.

— Que s'est-il passé ? s'enquit Jean.

Tous avaient maintenant sorti leur lampe et s'étaient posés sur le sol. Ils progressaient entre les cadavres dont les blessures saignaient encore. Le contact avait été récent. Un à un, les Chevaliers regardaient les corps. Un Gor-Den avait encore les mains pressées contre le crâne d'un Ys qu'il broyait ! L'agresseur avait été atteint par une baguette gravée dans le dos et s'était lui aussi effondré. Il pouvait y avoir une trentaine, voire une quarantaine d'Ys, et peut-être un peu moins de Gor-Den. Cela signifiait clairement que les combattants d'Ispar étaient venus en force. Les deux femmes du commando commencèrent à ramasser méticuleusement les baguettes.

Ils ne pouvaient pas laisser tous ces corps à pourrir ici. Il allait falloir translater ce charnier dans le ventre du *CDL 9*, pour, sans doute, aller les lâcher en mer.

— *Shorung ?*

Le Vahoun ne répondit pas à l'appel mental du journaliste.

À bord de l'aviso, le Vahoun était aux prises avec un autre problème.

— Tu me ramènes à Montourgar immédiatement.

Cornaline menaçait le Cassiopéen vers lequel elle dirigeait le canon de son multirays. Après avoir attrapé la précieuse croix, elle avait saisi l'un des anciens modèles dont s'étaient défaits les Chevaliers de Lumière avant de descendre dans Men-Coz. Puis, prenant tout le monde par surprise, elle s'était glissée derrière le jésuite et l'avait agrippé en l'étranglant du bras et en le menaçant de l'arme.

— Tu me ramènes à Montourgar !

Télépathiquement, le Vahoun adressa un bref message de remontée immédiate à Gilles et à lui seul. La communication fut si rapide que la jeune femme n'eut pas le temps de la capter et que le journaliste fut translaté sans avoir pu comprendre réellement ce qui se passait et, *a fortiori*, évaluer la situation. Cornaline pressa la détente du multirays dont elle ignorait fondamentalement le mécanisme. Le curseur était positionné sur le cran « jet thermique ». Gilles plongea derrière la banquette. Le tir vint frapper une console à vingt centimètres de sa tête. Rapidement, il régla sa propre arme sur la position paralysante. La descendante d'Ys tira une seconde fois et endommagea un appareil de contrôle magnétique. D'un bond, Gilles se redressa, plongea en roulant sur lui-même et ne tira qu'une fois en prenant bien garde de ne pas atteindre Stéphane.

Le tir atteignit sa cible mais la laissa indemne. Cornaline visa une nouvelle fois le journaliste qui roula sur lui-même en déplaçant le curseur vers une nouvelle position, échappant encore de peu au rayon mortel de son adversaire. Gilles fit feu.

Foudroyée, la jeune femme s'écroula sans vie sur le sol. Tous soufflèrent.

— Pas trop de dégâts ? s'enquit le chef du commando.

— Ça ira, le rassura Shorung qui, ayant rangé précipitamment la Croix de Cornaline dans un coffre dissimulé dans la paroi du poste de commandes, passait en revue les dégâts provoqués par le jeu des multirays. Aucune fonction vitale de l'aviso n'a été touchée.

— Mais qu'est-ce qui s'est passé ?

— Elle est devenue comme folle, expliqua le Cassiopéen.

Le jésuite quant à lui, livide, s'était effondré sur l'un des fauteuils de pilotage.

— On éclaircira cela plus tard et...

Un nouveau signal de détresse, émanant du sol, cette fois lui parvint.

— Décidément !

Il se translata immédiatement à terre, pour atterrir au milieu d'une attaque en règle d'un groupe de Gor-Den. Les Chevaliers de Lumière avaient le dessous face à la puissance physique des agresseurs. D'un bond, sans élan, ils franchissaient plusieurs mètres, se déplaçaient à une vitesse impressionnante, et la puissance de leurs mains était incroyable.

— Nouvelle position du multirays, hurla le banneret.

Monique venait de se faire soulager de son arme par un assaillant. Ignorant lequel de ses commandos cagoulés venait de se faire avoir, Gilles tira sur le colosse qui bascula.

— Récupère ton arme, vite !

Le journaliste et ses compagnons usaient maintenant de leur pistolet avec adresse. Chaque coup faisait mouche. Les tirs produisaient de puissants éclairs dans la nuit noire. Un à un, les Gor-Den furent abattus. Ils étaient trop forts pour que l'on pût tenter d'en neutraliser un. Et la position paralysante du multirays était inopérante sur les émissaires d'Ispar. C'est d'ailleurs ce qui avait dû se produire avec Cornaline dans le *CDL 9*.

— Eh bien, en quelques secondes, que d'émotion ! fit Daniel enlevant sa cagoule à court de respiration.

— Et vous ne savez pas tout, ajouta Gilles. En haut, je viens d'être obligé d'abattre Cornaline. Elle était devenue folle.

— Cornaline ! s'exclama Régine.

— Enfin, celle qui se faisait passer pour elle, préciser le journaliste, car je suis de moins en moins convaincu que nous avions affaire à notre amie. Je ne vois pas pourquoi la fonction paralysante n'aurait pu agir sur elle. C'est une Terrienne après tout, même si ses origines la ramènent à Ispar.

— Comment as-tu deviné que la nouvelle position du multirays allait fonctionner sur ces individus ?

— Je m'en doutais, et la confirmation m'a été donnée lorsque j'ai dû tirer sur « Cornaline », vraie ou fausse. C'est l'allusion au bouleau qui m'a mis la puce à l'oreille. En fait, ce tir a exactement l'effet des baguettes gravées. J'ignore comment nos frères du *Nerkal* ont mis cette fonction au point, mais je leur tire mon chapeau. Sans elle, je n'aurais pas donné cher de nos peaux, ici.

Un gémissement s'éleva dans le vide de la nuit noire. Les six commandos se précipitèrent dans la direction d'où venait la plainte. En pointant le faisceau de la Maglite, ils découvrirent le corps ensanglanté d'un vieillard barbu en robe blanche.

— Caer-Lyon !

Le chef du commando Alpha se baissa vers le druide et lui souleva la tête.

— De l'eau ! Quelqu'un a de l'eau ? demanda-t-il.

Immédiatement, une bouteille d'eau minérale se matérialisa dans sa main, grâce aux bons offices de Shorung-N'Taal.

— Merci, marmonna le druide. C'est vous, mes amis ! Je n'ai pas pu vous prévenir... Une fausse Cornaline... Je ne sentais aucune vibration... Danger...

— Calmez-vous, calmez-vous, le rassura Gilles. Tout est terminé. Nous allons vous transférer à bord de notre vaisseau. Il n'y a plus de danger.

CHAPITRE V

Lentement, Caer-Lyon commença à recouvrer ses esprits à bord du *CDL 9*. Fort heureusement, ses blessures étaient très superficielles. Les larges traces de sang provenaient de certains de ses fidèles, tombés à ses côtés en tentant de le protéger. Une gorgée d'hydromel acheva de remettre d'aplomb l'immortel. On lui montra le corps sans vie de la prétendue Cornaline.

Le vieil homme se baissa et lui toucha le front :

— C'est à s'y méprendre. N'importe qui aurait pu se laisser abuser. Mais aucune vibration ne me reliait à cette fille. Pour moi, c'était l'indice flagrant qu'elle n'était pas Cornaline. J'ai voulu vous prévenir, mais ces Gor-Den nous sont tombés dessus.

— L'alerte fut chaude, dit Alain.

— En effet. Il est urgent pour moi de regagner Enez Bel. Nous devons nous attendre à une attaque massive. Cette fausse Cornaline en est la preuve. L'opération d'Ispar a été méticuleusement préparée.

— Comment ont-ils pu obtenir un tel sosie ? s'étonna Régine.

— Chirurgie plastique. Nous avions des spécialistes à Ker-Ahès. Ils ont dû envoyer des émissaires qui ont réalisé des photographies très précises. Ensuite c'était un jeu d'enfants. Mais une telle préparation annonce une action d'envergure.

— Mais pourquoi ? Après tout ce temps ? En quoi gênez-vous votre ancienne planète ? demanda Jean de Galice.

— Ils pensent que nous allons revenir. Ils n'ont peut-être pas tort. Nous avons toujours eu l'espoir de repartir chez nous. « L'an prochain, à Ker-Ahès ! » Cela reste un de nos cris de ralliement. Nous avons toujours vécu dans l'espoir de revoir Gradlon se réveiller de sa torpeur et Ys resurgir des flots pour nous ramener à notre point de départ.

— Mais enfin, insista l'informaticien, comment pouvez-vous représenter un danger quelconque après si longtemps ? Tout le monde a dû vous oublier, dans votre capitale...

— Je crois que vous n'avez pas compris. Mais peut-être n'avez-vous pas vu personnellement le document de Run-Bili. Notre temps sur Ispar ne s'écoule pas comme ici sur Terre. Le différentiel est beaucoup plus long chez nous. Les hommes qui dirigent actuellement notre planète sont théoriquement les mêmes qu'au moment de notre départ ; non pas en raison d'une longévité prodigieuse, mais parce que le temps s'étire beaucoup plus longuement. Nous sommes sur Terre depuis près de dix-sept siècles. Dans toute cette période, il ne s'est pas passé plus de dix ans d'équivalent-temps sur Ispar. Le Premier du Conseil des Sages est probablement encore Coat-Wen, le père de Werina, ma défunte épouse. Vous saisissez mieux pourquoi ils doivent craindre notre retour ? Et savez-vous que nos costumes, sur IsPar, sont plus proches des habits noirs des Gor-Den, que ceux que nous portons aujourd'hui, adoptés au contact des Terriens et que nous avons conservés, affectivement, après l'engloutissement de notre cité ? Mais, je vous en prie, ramenez-moi sur Enez Bel ?

— Sur l'île de Sein ? demanda le Vahoun.

— C'est cela, oui. Attendez-vous peut-être à quelques surprises.

— Au paravant, il faut se charger des morts de Men-Coz, indiqua le chef du commando.

— Que comptez-vous en faire ?

— Les translater à bord, Caer-Lyon, puis les lâcher quelque part dans l'océan. La mer est souvent un tombeau parfait et discret.

— Si vous me permettez, j'aimerais pouvoir récupérer nos défunts. Ils ont droit à des funérailles de guerriers dans notre tradition.

— Entendu.

Le Vahoun procéda à la translation à bord des victimes de l'attaque qui venait d'avoir lieu. Le vieux druide se plaça à l'entrée des soutes et sépara les cadavres qui arrivaient en deux groupes : dans une soute, les Gor-Den d'Ispar ; dans une autre, les Ys. Le corps de la fausse Cornaline fut placé dans une chambre froide en attente d'une décision la concernant.

Stéphane Lefart n'avait pas quitté le poste de pilotage. Il ruminait son échec : comment ne s'était-il pas instantanément rendu compte que cette femme n'était pas Cornaline, *sa* Cornaline ? Il s'était arrêté au physique, sans même remarquer la modification anormale de son comportement et de son caractère.

Rapidement, le *CDL 9* prit la direction du grand large. Il laissa sur sa droite les lueurs de la pointe du Raz, le phare à la sinistre réputation de... Tévennec, les trois feux de couleur et de portée différentes du phare de la Vieille, le feu fixe de la Plate, puis les quarante-neuf mètres de haut du phare de Sein dont l'éclat blanc porte à plus de trente-cinq milles et, enfin, Ar-Men, la vigie la plus à l'ouest du monde occidental, aujourd'hui entièrement télécommandée. En quelques secondes, l'aviso parcourut une centaine de milles. Estimant la distance suffisante, le Vahoun translata les Gor-Den vers la Terre et les fit basculer dans l'océan.

Le vaisseau des Chevaliers de Lumière repartit vers Sein. Dans la nuit sombre, l'île plate était quasiment invisible à l'exception de la haute tour de son phare faisant office de point culminant. Il faut dire que l'île mérite bien son surnom : ayant pour hauteur moyenne un mètre cinquante, son point culminant se situe à six mètres à l'endroit du tertre dit du « Nid de Corbeau » (*Nifran*). On lui attribue cinquante-six hectares de superficie, mais les marées sont capricieuses et modifient sa physionomie. Les premiers visiteurs de l'île en ayant fait la chronique — des Romains, comme Pomponius Méla au Iᵉ siècle de notre ère — rapportait le caractère magique et sacré de l'île et la présence d'un collège de prêtresses, les Sènes, qui auraient donné leur nom à l'île.

Dès son arrivée dans le secteur, un peu plus de deux siècles plus tard, Caer-Lyon entra en relation avec ce collège de femmes. Il les sauva de justesse, lorsque le roi Conan Mériadec, au service duquel les colons d'Ispar s'étaient placés, décréta que les druidesses devaient être persécutées pour faits de sorcellerie. Le chef spirituel du petit groupe d'exilés les aida à se réfugier dans une autre dimension de l'île magique de Sein[1], qui, plus tard, devait à son tour accueillir les Ys.

Le *CDL 9* amorça son approche de l'île. Caer-Lyon guida Shorung-N'Taal pour qu'il se pose du côté du mégalithe dit du Sphinx, à peu près au centre de l'île.

— Comment passes-tu de l'autre côté ?

— Par une vibration sonore, Gilles. Pas plus audible qu'un ultra-son pour une oreille ordinaire.

---

1. Avant l'engloutissement d'Ys, Sein n'était pas *stricto sensu* une île, puisque le site se trouvait dans les terres. Mais l'espace sacré était appelé « île », de même qu'un des grands lieux saints d'Angleterre, Glastonbury, en plein cœur des terres, est souvent confondu avec l'île d'Avalon.

— Nous connaissons cela, intervint le Vahoun. Il y a quelque temps, nos services ont eu la possibilité d'étudier de tels types de vibrations sonores fréquentielles, capables d'ouvrir des portes spatio-temporelles. Nos spécialistes ont même enregistré nos amies fées qui pouvaient ainsi passer de leur monde de Magonia dans le nôtre[1]. Grâce à ces enregistrements, nos vaisseaux ont même pu franchir ces barrières interdimensionnelles pour aller détruire les monstres de Gorounka qui menaçaient d'envahir tous les univers[2].

Une fois l'aviso immobilisé, le druide ferma les yeux. Une subtile vibration parut émaner de lui sans qu'elle soit strictement audible. Sereinement, le corps du vieillard se dématérialisa. Puis il disparut. Les Chevaliers de Lumière demeurèrent là, perplexes, se demandant si le transfert avait opéré. Ils observèrent l'extérieur sur l'écran du télévisionneur panoramique. La mer rugissait. Mais en dehors de cela, rien ne bougeait. Un instant plus tard, la silhouette aimable du vieux Caer-Lyon se rematérialisa dans l'habitacle.

— Apparemment, je n'ai pu vous faire franchir le passage par ce moyen.

— Vous ne m'avez pas laissé finir mon explication, reprit le Cassiopéen. À la suite de nos expériences de transfert interdimensionnel, tous les vaisseaux de l'Ordre ont été équipés de synthéti-

---

1. Voir SF Jimmy Guieu n° 112, *Les sentiers invisibles*.
2. Voir SF Jimmy Guieu n° 114, *L'Empire des Ténèbres*.

seurs holistiques capables de décomposer puis de restituer les fréquences vibratoires. Je ne vous assommerai pas avec des explications fastidieuses, dont vous connaissez peut-être déjà le principe. Voulez-vous essayer de confier votre voix à notre synthé ?

— Je suis revenu pour ça.

Le Vahoun pianota sur son clavier. Un panneau s'ouvrit dans le tableau de commande et un micro en jaillit.

— Allez-y, invita le Cassiopéen à l'adresse du druide. Je vais enregistrer et étalonner votre vibration.

— Mais elle ne s'entend quasiment pas. Comment votre micro l'enregistrera-t-il ?

— Pas d'inquiétude. Il est ultra-sensible ; il ne sert qu'à ça.

Caer-Lyon s'assit, se reconcentra et lança sa vibration. Des oscillations s'animèrent sur le moniteur. Un deuxième écran livrait des courbes quelque peu différentes. D'un geste du doigt, le Vahoun fit signe au prêtre de continuer. Il échantillonnait la voix pour tenter de retrouver la parfaite homotypie. À bout de souffle, l'homme d'Ys s'arrêta.

— Nous l'avons, cria de joie le télépathe à la peau bistre.

Sur les moniteurs, les oscillations étaient parfaitement semblables. Le pilote du *CDL 9* introduisit des données dans l'ordinateur de bord.

— Et en avant la musique ! s'exclama-t-il.

Sans bouger, l'aviso parut progresser. Un léger

sentiment d'oppression s'empara des passagers terriens. Mais cette sensation ne dura que quelques secondes. Puis une sorte de vague électrique bienfaisante les parcourut, comme si l'engin subissait un scanner de haut en bas.

— Nous sommes arrivés, déclara Caer-Lyon. Je vais de ce pas me rendre au funérarium. Je vous remercie, ami Shorung, de m'y repérer et de transférer là-bas nos morts.

Le vieillard descendit de la salle de contrôle et traversa le pont inférieur de l'aviso jusqu'au plan incliné. Dehors, sur Enez Bel comme sur Enez Sun[1], il faisait nuit. Un char — ressemblant à une grosse décapotable américaine montée sur chenilles — vint chercher le druide. Gilles et Régine prirent place à côté de lui. Ils invitèrent les autres Chevaliers de Lumière à prendre un peu de repos. Les heures à venir pouvaient se révéler chaudes.

L'île de Bel était considérablement plus vaste et plus vallonnée que sa jumelle de Sein. Les bâtiments eux-mêmes témoignaient du talent de leurs architectes. De nombreuses lumières artificielles inondaient d'une douce clarté le site. Un grand édifice recouvert d'or surplombait la ville : le temple de Bel, expliqua le vieillard. Juste à côté, une petite construction circulaire en granit gris ressemblait au temple des Vestales sur le Forum à Rome.

— Le Temple du Foyer, commenta Caer-Lyon. À tour de rôle, neuf prêtres viennent entretenir le feu dédié à notre déesse Ostar.

1. L'île de Sein.

Derrière les deux temples aux dieux, se dissimulait un édifice tout en longueur. Le funérarium. Caer-Lyon y pénétra, choisit une salle vaste et appela mentalement le Vahoun. Quelques secondes plus tard, les corps étaient translatés. Les embaumeurs allaient préparer les défunts pour la cérémonie.

— Vous ne voulez pas dormir, vous aussi ? Je vais aller voir les membres du Conseil, mais je ne veux pas vous faire veiller inutilement. Vous pourrez les voir demain matin. La rencontre vous intéressera, j'en suis sûr. Si jamais quelque chose survient, nous vous en aviserons immédiatement.

— Vous avez raison, Caer-Lyon, répondit Gilles. Je pense que nous allons prendre quelque repos.

— Je vais faire préparer une chambre dans le palais.

— C'est très aimable à vous, mais ne vous donnez pas cette peine. Nous préférons retourner avec nos frères Chevaliers de Lumière. Et s'il arrive quelque chose, je pense que nous aurons plus d'efficacité avec eux et notre équipement, que séparés.

Le couple se sépara du vieillard. Le char les ramena vers l'aviso. L'air était doux. On ne sentait pas vraiment l'atmosphère du large, sauf au parfum des brisants et à une subtile senteur saline. Régine s'était pelotonnée dans les bras de son compagnon et avait doucement glissé sa main sous sa chemise pour lui caresser la poitrine. Le journaliste ferma les yeux. Il comptait beaucoup de sommeil en retard, ces temps-ci. Dans la nuit de jeudi à vendredi, ils avaient bouclé le dernier numéro de *LEM*. Ensuite, il avait fallu prendre la route de la Bretagne. Et la dernière nuit avait été très courte après avoir atteint Morgat sur le coup de vingt-trois heures.

Il rouvrit un œil. Tout était calme. L'île ne paraissait pas vivre sous la menace d'une attaque imminente. Pourtant une imperceptible fébrilité flottait dans l'air...

Deux minutes plus tard, ils saluaient leur chauffeur et s'engageaient sur le plan incliné du vaisseau. Régine dormait à moitié dans les bras de son compagnon et se laissait guider au radar. Parvenu sur le pont inférieur, le journaliste actionna la commande de fermeture du *CDL 9*, prit la jeune femme dans ses bras et la porta jusqu'à sa cabine, situé le long de la rampe circulaire, encerclant tout le pont-soute et menant au poste de commande.

— Je reviens, dit Gilles à la jeune femme en déposant un délicat baiser sur ses lèvres.

Le chef du commando remonta dans le poste de contrôle. Le Vahoun somnolait. Il lui tapota sur l'épaule pour l'aviser de son retour à bord. Puis il redescendit en hâte auprès de son aimée... qui dormait déjà à poings fermés. Alors, doucement pour ne pas risquer de l'éveiller, il vint se glisser à ses côtés, où, plaisible, il s'endormit au contact de sa peau de bébé.

La fin de la nuit avait été plus calme que son commencement. Les Chevaliers de Lumière prirent leur petit déjeuner ensemble dans la petite pièce faisant office de mess. Ils récapitulèrent les derniers événements. L'atmosphère était détendue. Seul Stéphane affichait un visage anxieux et une humeur morose : la disparition de Cornaline — la vraie — n'avait toujours pas été éclaircie. Où pouvait-elle se trouver ?

Ils n'avaient pas encore achevé leur rapide collation, lorsqu'un messager vint les chercher de la part du Conseil. À l'exception de Shorung, toujours affecté à la surveillance du *CDL 9* — mission qui, à dire vrai, satisfaisait parfaitement son goût pour la discrétion —, tous les Chevaliers de Lumière se rendirent à la convocation. Ils embarquèrent à bord de deux chars. En plein jour, l'île resplendissait de beauté et de bonheur ; l'inverse de Sein, sa jumelle, même si l'on peut trouver de la beauté dans l'austérité et la rigueur de ses paysages. Ils pénétrèrent dans la petite cité, où le moindre bâtiment ressemblait à un palais immaculé au toit d'or. Ils parcoururent l'allée centrale et s'arrêtèrent devant un escalier monumental. Il conduisait à une plateforme où se dressait un édifice carré.

Un habitant de l'île attendait au bas des marches. Gilles reconnut un guerrier, ayant participé à l'attaque du Château de Dinan [1]. Sur un parapet, un

---

1. Voir SF Jimmy Guieu n° 120, *Ankou : la vengeance d'Ys*.

joueur de flûte joua un petit air mystérieux et entraînant ; celui-là même que les Chevaliers de Lumière avaient entendu avant de voir le village de Men Coz leur apparaître dans son intégrité [1].

L'allure générale de la petite ville avait quelque chose de l'art romain dans sa conception, mais, en même temps, les matériaux utilisés et l'architecture paraissaient plus rustiques et pourtant plus subtils. Les deux gigantesques battants de la porte aux plaques dorées étaient ouverts. Les sept amis s'avancèrent dans la pénombre intérieure. Les yeux s'habituèrent très vite, car de nombreuses fenêtres ouvertes dispensaient une lumière généreuse. Sur une estrade au fond de la salle, un homme était assis sur un trône : Caer-Lyon. Contre le mur de gauche, des femmes occupaient des fauteuils. Un premier rang de neuf femmes en longue robe blanche en tout qui devaient être les neuf Sènes. Derrière, d'autres femmes observaient les nouveaux venus. À droite, se trouvaient les travées des hommes. Les Anciens au premier rang. Les plus jeunes derrière. Enfin, à gauche du grand druide, deux hommes se tenaient debout : un grand lion à la crinière blanche, quasi-jumeau du prêtre, et un plus petit plus sec, à la chevelure largement dégarnie. Le Coz et Le Du, ou plus exactement Gradlon et Tewenneg.

Gilles se demandait comment ils avaient pu se retrouver là. En revoyant son tortionnaire [2], Régine

---

1. Voir SF Jimmy Guieu n° 120, *Ankou : la vengeance d'Ys*.
2. *Ibid.*

sentit un frisson lui parcourir l'échine et une boule lui envahir la gorge. Son compagnon lui-même ne pouvait regarder, sans animosité, l'homme qui avait mené sa femme aux portes de la mort.

— Je t'avais bien dit, ami Gilles, que notre Conseil t'intéresserait. Pour vous résumer brièvement, j'ai informé l'Assemblé des derniers événements. Ils savent que vous avez vu Run-Bili et nous nous épargnerons ainsi le fastidieux exposé de la situation et de qui nous sommes.

— Une question tout de même, noble Caer-Lyon. Nous sommes heureux de voir à vos côtés, l'éminent Alexis Le Coz, plus communément appelé Gradlon, et nous nous étonnons davantage de la présence du père Le Du, autrement dit votre Tewenneg, mais il nous paraît opportun de nous expliquer ce point de détail. Comment sont-ils revenus parmi vous ?

— Je savais que cette question te préoccuperait, ami Gilles, répondit le druide. Je laisse la parole à mon frère bien-aimé, Gradlon-Meur.

— L'explication est simple : je me suis définitivement réconcilié avec mon frère Caer-Lyon ; et notre ami Tewenneg, au terme de plusieurs années de réflexion, suit la même voie. C'est lui qui est venu me chercher pour me ramener ici. Humblement, il a imploré le pardon de tous.

— Et j'implore le vôtre aussi, amis Chevaliers, s'inclina le moine obséquieusement.

Quelque chose de faux sonnait dans sa gorge. Il ne serait pas étonnant que Le Du réserve encore un tour à sa façon à ses soi-disant « amis ».

— Trop longtemps, j'ai dormi, reprit Gradlon. Trop longtemps, je me suis tenu à l'écart de ma communauté. Il est temps que je reprenne ma place pour, nous l'espérons, retrouver le monde d'où nous venons. Les temps sont proches où nous pourrons voir Ys resurgir des flots.

— Ys ! Ys ! Ys ! hurlait une partie de la salle, tandis que l'autre invoquait le nom de Bel.

— Trêve de discours, se leva le grand druide. Il est temps désormais d'ouvrir les cérémonies de funérailles en l'honneur de nos guerriers. Amis, à l'ombre de nos halliers, allons célébrer la fête du glaive et du chevalier...

Quelques instants plus tard, toute l'assemblée se retrouvait sur les marches.

Caer-Lyon, du haut de l'escalier, lança une invocation au dieu Bel.

— Bel Ankou, regarde tes serviteurs qui viennent vers toi après avoir combattu noblement pour ta gloire. Accueille-les dans ton île verte d'immortalité. Donne-leur tes pommes d'abondance. Et avec tes pommes d'abondance, ta lumière de victoire.

Des danseurs se mirent à envahir les rues. Progressivement, les évolutions anarchiques se coordonnèrent pour former une procession. Le blanc était la couleur dominante et, dans cet océan immaculé, seuls faisaient tâche la soutane du père Le

Du et... les combinaisons de combat des Chevaliers de Lumière.

Les accents d'une harpe s'élevèrent accompagnant une voix d'homme, claire et forte, qui entonna :

As-tu entendu, as-tu entendu
ce qu'a dit l'homme de Dieu
au roi Gradlon qui est à Ys ?
Ne vous livrez point à l'amour ;
ne vous livrez point aux folies.
Après le plaisir la douleur.
Qui mord dans la chair des poissons,
sera mordu par les poissons ;
et qui avale sera avalé.
Et qui boit et même le vin,
boira de l'eau comme un poisson ;
et qui ne sait pas, apprendra. [1]

Le père Le Du avait un visage crispé ; il était visiblement piqué au vif par les sous-entendus de ce chant. Quant à Gradlon, la mine contrite, il semblait rongé par le sentiment de sa faute. Sa réintégration parmi les siens, il savait qu'il allait devoir la payer au prix fort.

Au bout de la rue principale, des chars apparurent, poussés par des officiants. La quarantaine de corps des guerriers tombés à Men-Coz y repo-

1. Première strophe de *La submersion de la ville d'Ys*, dans le *Barzaz Breiz* de Théodore Hersart de la Villemarqué.

saient, installés sur des catafalques sommaires. Tout autour, des danseurs exécutaient une chorégraphie complexe dont la gestuelle était visiblement sensée rendre grâce aux dieux et appeler la victoire prochaine d'Ys sur leurs ennemis. Les Chevaliers de Lumière reconnaissaient les tenues rituelles aperçues autour du dolmen de Rostudel[1] : des hommes arborant des masques d'animaux ou de splendides parures de cervidés qui évoluaient en adoptant une démarche de déments. Leurs corps s'agitaient en tous sens alors qu'ils tournoyaient autour des chars funèbres. Les neuf Sènes vinrent à la rencontre de la procession. La première leva une main et bénit le cortège. Puis chaque druidesse vint se placer devant un char et c'est ainsi que les Chevaliers constatèrent qu'il y avait neuf tombereaux.

Le poète-chanteur continuait d'arracher ses accents plaintifs aux cordes de son instrument.

Forestier, forestier, dis-moi,
le cheval sauvage de Gradlon,
l'as-tu vu passer dans cette vallée ?
Je n'ai point vu passer par ici
le cheval de Gradlon,
je l'ai seulement entendu dans la nuit noire :
Trip trep trip trep trip trep,
rapide comme le feu !

---

1. Voir SF Jimmy Guieu n° 120, *Ankou : la vengeance d'Ys.*

Le cœur de Stéphane bondit dans sa poitrine en entendant ces mots.

As-tu vu, pêcheur, la fille de la mer,
peignant ses cheveux blonds,
comme l'or, au soleil de midi, au bord de l'eau ?
J'ai vu la blanche fille de la mer,
je l'ai même entendue chanter :
ses chants étaient plaintifs comme les flots.

— Alerte, alerte ! Flotte ennemie en vue.

Un guetteur au sommet d'une tour agitait une cloche à tout rompre. En quelques secondes, les danseurs quittèrent la rue. Ceux qui portaient des costumes les enlevèrent en hâte. Les Chevaliers de Lumière se précipitèrent au bas des marches de l'Assemblée. Ventre à terre, ils remontèrent l'allée principale. Un char se porta à la hauteur de Gilles. Ce dernier reconnut le pilote qui l'invitait à monter. Le chef du commando remercia et proposa à Monique et Régine de monter également. Il y avait encore deux places.

— Bon, il n'est plus temps de tergiverser, trancha le banneret devant l'hésitation des quatre autres membres du commando Alpha.Jean, Daniel, vous montez. Alain et Stéphane, vous nous rejoignez au plus vite.

Le jésuite eut soudain un doute. Il palpa de la main l'extérieur de sa poche de parka et sentit le renflement réconfortant du multirays.

Sur le sommet des tours, des desservants venaient de basculer des panneaux révélant des sortes de miroirs réfracteurs solaires, tandis qu'à l'horizon, un nuage noir se formait. Il grossit rapidement, révélant peu à peu une quinzaine d'appareils qui approchaient à toute allure en rangs serrés.

Alors que le véhicule de Gilles Novak s'engageait sur le plan incliné du *CDL 9*, il se fit aborder par le char qui transportait Gradlon et sa suite.

— Il faut aller détruire Run-Bili, lança ce dernier. Vite !

— Que voulez-vous dire ? fit Gilles en se retournant, interloqué.

— Il faut détruire Run-Bili, répéta le souverain. Sans cette centrale d'énergie qui jadis a déjà guidé notre route, il y a une chance pour que d'autres vaisseaux ne puissent plus passer.

— Vous savez ce que vous faites ?

— Absolument ! Je vous en prie, c'est notre seule chance, ne tardez pas !

Sans un mot de plus, Gilles Novak se précipita à l'intérieur de l'aviso. Dans le poste de contrôle, Shorung-N'Taal était prêt. Il avait tout entendu.

— Gradlon a raison. Cette centrale d'énergie est de toutes les manières une source de problèmes vibratoires et magnétiques. Il est préférable de la supprimer.

— Mais nous ne saurons jamais qui l'a construite... regretta le journaliste.

Sans répondre, le Vahoun activa le synthétiseur holistique qui avait enregistré la voix de Caer-Lyon, puis il mit en marche l'appareil — Celui-ci se dématérialisa au moment où, hors d'haleine

Alain et Stéphane parvenaient enfin au pied de l'aviso. Pris à découvert, ils virent la horde des vaisseaux ennemis fondre sur eux et n'eurent que le temps de se jeter à l'abri du gros mégalithe — réplique du « Sphinx » — contre lequel le *CDL 9* s'était posé à Sein.

Passé en état d'invisibilité, le *CDL 9* quitta les rives d'Enez Sun et, sans tarder, mit le cap sur Kerastrobel. Fonçant au ras de l'eau, on aurait dit un gros galet ricochant sur l'onde. Il traversa la baie de Douarnenez, évita de justesse un thonier rentrant à Morgat, et remonta vers la plage de l'Aber. Dans le champ de blé, au sud-ouest du hameau, on ne voyait toujours pas le moindre tas de galets.

— Je suis sûr de posséder un enregistrement de cris d'aigles, indiqua le Vahoun.

— Je le souhaite, ajouta Gilles. Sinon jamais nous ne pourrons localiser notre cible...

— En guise de réponse, le médium activa la fonction recherche de sa base de données sonores.

— Voilà, je l'ai, marmonna-t-il. Maintenant « au bouleau », comme dirait notre Grand-Maître bien aimé !

Il communiqua le son au synthétiseur. Mais le bruit produit n'atteignit pas l'effet recherché. Le Vahoun poussa la manette de distorsion. Les oscillations se succédaient sur le moniteur. Toujours sans résultat. Finalement l'Extraterrestre alluma un nouvel écran. D'autres ondulations s'animèrent.

— À cause de la fréquence vibratoire complexe de l'endroit... expliqua-t-il, laconique, à ses amis.

En modifiant les réglages, il tenta d'harmoniser toutes les courbes... et y parvint. À terre, les deux tas de galets se densifièrent et furent bientôt parfaitement matérialisés. Les Chevaliers descendirent dans le champ.

— Vous allez me disloquer les tumulus, ordonna Gilles. Mais attendez que j'ai neutralisé la salle en dessous. *Frère Shorung*, continua-t-il en mode mental, *ne pourrait-on pas transférer ce dispositif à bord du* Nerkal ?

— *Impossible, sa dimension et son champ vibratoire empêchent tout déplacement. Il appartient au lieu et ne peut qu'y subsister ou disparaître.*

Soudain, les cinq Chevaliers au sol virent deux formes trapézoïdales verdâtres, presque transparentes, s'approcher. Leur matière réfractait la lumière. Elles ressemblaient à deux cristaux géants. Les vaisseaux fondirent silencieusement sur le *CDL 9*. Ce dernier se dégagea au dernier moment et amorça une ascension brutale sous le regard des cinq frères qui, bouche bée observaient ses évolutions aussi fulgurantes qu'audacieuses. Les deux trapèzes lui donnèrent instantanément la chasse. Des éclairs blancs jaillirent de leur ventre et fusèrent vers l'aviso. Mais Shorung manœuvra habilement et coucha brusquement son vaisseau sur le dos. Les deux rayons se télescopèrent dans une gerbe d'étincelles. Le *CDL 9* se rétablit et tourna à quatre-vingt-dix degrés pour venir se positionner dans le dos de l'un des cristaux aériens. Le dard qu'il lança contre lui percuta l'objet translucide en plein vol. Le second appareil contrattaqua aussitôt à toute vitesse. Le Vahoun attendit le dernier moment pour s'écarter. L'engin inconnu lui passa juste sous le ventre. Le canon arrière de l'aviso cracha alors toute sa puissance de feu sur l'agresseur et le rayon thermique désintégra le trapèze.

À terre, les Chevaliers soufflèrent et se mirent à la tâche. Répétant une à une les différentes étapes qui permettaient l'ouverture du passage Gilles descendit dans le tumulus. Une fois dans la salle de contrôle, il appela mentalement le Vahoun et, tout aussitôt se mit à jurer comme un charretier : il venait de se rappeler que les transmissions télépathiques ne passaient pas. Il remonta les marches quatre à quatre pour... tomber nez à nez avec un Gor-Den ! D'un coup de poing, le mastodonte envoya le journaliste rouler au pied des marches. La brute épaisse s'élança à la poursuite de sa victime. Gilles Novak parvint à extraire son multirays, le positionna sur le bon réglage, l'arma et fit feu. Le colosse s'écroula contre le mur et bascula jusqu'au pied du banneret qui se précipita à nouveau à l'air libre pour constater cette fois que ses compagnons se battaient comme des diables contre une vingtaine de Gor-Den. Heureusement, les quatre Chevaliers de Lumière vinrent aisément à bout de leurs adversaires.

— *Shorung*, appela Gilles sitôt que le dernier

agresseur finit par mordre la poussière, *disposerais-tu d'un explosif ?*

Un pain de plastique se matérialisa dans la main de l'ésotériste. Il redescendit dans le ventre de la terre, alors que ses amis achevaient de démanteler Run-Justisou. Sous la console centrale, près du casque virtuel, il plaqua le bloc d'explosif et enfonça le petit système de mise à feu à distance. Puis, au pas de course, il regagna la surface.

Pouce pointé vers le ciel, il indiqua au Vahoun qu'il pouvait faire exploser sa charge. En hâte, les Chevaliers se plaquèrent sur le sol, à une dizaine de mètres, à l'abri du talus qui entourait le champ. Ils attendirent. Dix, quinze, vingt secondes... Rien ne se produisit. Une minute plus tard, Gilles Novak se redressa.

— Nous sommes stupides, constata-t-il. Les ondes de Shorung ne passent pas dans le souterrain, donc la mise à feu est impossible.

Le chef du commando réclama au Cassiopéen un matériel détonateur traditionnel avec du fil. Il repartit encore une fois dans le sanctuaire et remplaça le détonateur à distance par les bons vieux cordons. Dévidant la bobine, il déboucha à l'air libre, rejoignit ses compagnons à l'orée du champ et enfonça l'extrémité des fils dans le petit détonateur.

— Prêts ?

Il appuya sur la commande et le sol trembla sous eux. Peu de bruit finalement filtra des entrailles de la terre, mais un épais nuage noir remonta.

— Allez, vite, on désosse celui-ci.

En quelques instants, les cinq amis démembrèrent le tas de galets et jetèrent les pierres aux quatre coins du champ. L'ouverture s'était refermée. Il ne restait plus rien cette fois, vraiment plus rien des tumulus de Kerastrobel.

Leur ouvrage achevé, ils regagnèrent l'aviso, pressés de retourner à Enez Bel, pour venir en aide aux habitants d'Ys et récupérer leurs deux amis restés sur place, Stéphane et Alain.

*
* *

Sur l'île, la bataille était à son paroxysme. Du haut des tours, des éclairs lumineux jaillissaient des écrans réflecteurs. Les parois des vaisseaux ennemis s'enflammaient sans causer de graves dégâts. Du ventre des triangles volants, des cohortes de guerriers se déversaient sur la ville. Les corps à corps étaient poignants, sanglants.

Un peu à l'écart de la petite cité, derrière le rempart de leur mégalithe, les deux Chevaliers de Lumière — ou apprenti-Chevalier pour l'un des deux — résistaient. Mais les adversaires demeuraient à bonne distance : ils avaient bien noté que ces mystérieux guerriers disposaient d'une arme foudroyante. Aussi les deux amis finirent-ils par sortir de leur abri pour tenter de venir en aide aux assiégés au cœur de la cité.

Dans l'espace aérien, de nouveaux vaisseaux étaient apparus. Si les Ys se battaient avec l'énergie du désespoir, il ne faudrait pas longtemps avant d'être submergés par le nombre. En première ligne des troupes d'Ispar, les Gor-Den forçaient le passage de toute leur force de frappe. Puis venaient les troupes de fantassins ordinaires, armés des incontournables baguettes gravées. Devant cette marée humaine, les deux Chevaliers se virent contraints de refluer vers un autre abri mégalithique ; malgré leur puissance de feu, ils couraient un grave risque d'être engloutis par la vague d'assaut. Et s'ils faisaient certes quelques victimes, ils se seraient sacrifiés pour rien. Ils choisirent d'attendre le retour du *CDL 9*, tout en continuant d'aligner tous les Ispar passant à leur portée de tir.

Le ciel bleu s'assombrit soudain. Une masse compacte obscurcit le soleil. Un gigantesque vaisseau de plusieurs kilomètres de long venait de se matérialiser. De son ventre partaient des dizaines de petits chasseurs monoplaces qui tombaient sus à Ispar.

— Le *Nerkal* ! Yipeeee ! hurla Alain le Kern en agitant son bras.

Simplement armés de leurs baguettes, aussi redoutables fussent-elles, et de leurs poings puissants, les Ispar faiblirent rapidement devant cet assaut impromptu. Rapidement, la majorité de leurs vaisseaux furent en feu ou totalement désintégrés par les tirs des appareils de l'Ordre cosmique. Les agresseurs commencèrent à se rendre aux sections de Chevaliers de Lumière qui débarquaient de transports de troupes spatiales.

Un module aux armes du Grand-Maître de l'Ordre se détacha de l'immense soute ventrale du *Nerkal*. Il vint se poser juste à côté de l'endroit où le *CDL 9* venait également de se matérialiser. Alain et Stéphane coururent vers leurs amis.

— Vous avez raté le plus beau, lança le géomancien à son ami Gilles.

Dans sa course, le jésuite s'arrêta soudain, le cœur battant. Il venait de voir surgir au bras du Grand-Maître Michel Merkavim... Cornaline. La jeune femme échappa au bras galant du dignitaire et courut à la rencontre de son ami.

Le couple s'étreignit, s'embrassa fougueusement et longuement.

— J'espère que tu ne vas pas être fâchée par ce que je vais dire, déclara enfin Stéphane : tu es vraiment très belle. Et c'est bien toi...

— Comment, c'est bien moi ? fit mine de s'offusquer la jeune femme en riant. Évidemment que c'est moi !

— Mais quel est ce mystère ? s'étonna le journaliste en venant à son tour saluer Cornaline. Nous te croyions aux mains d'ennemis redoutables et tu étais chez nos frères de l'Ordre !

— Exact, intervint joyeusement le Grand-Maître. Dès que nous avons été conscients qu'une menace pesait sur Cornaline, nous l'avons subtilisée *in extremis*, avant que les agents d'Ispar n'en fassent autant. C'est elle qui nous a apporté l'une de ses étonnantes baguettes de combat. Nos chercheurs ont travaillé d'arrache-pied pour extraire tous les mystères de ces armes. Ils ont réintégré les données relatives à sa matière et à la formule hermétique gravée. Et le résultat formidable repose dans vos mains...

Le dignitaire désignait les multirays que tous les Chevaliers avaient encore au poing.

— Mais pourquoi ce silence ? Pourquoi ne pas nous avoir dit que Cornaline était là-haut ? interrogea le chef du commando Alpha.

— Parce que nos adversaires, bien qu'en retard sur bien des points et notamment l'armement, nous apparaissaient très en avance sur le plan des manipulations interdimensionnelles. Sachant qu'ils voulaient mettre la main sur Cornaline, nous avons préféré nous prémunir une nouvelle fois contre tout risque de basculement dans une dimension incontrôlable. Je peux dire, en tout cas, que la neutralisation du tumulus de Run-Bili a facilité notre intervention en supprimant le dernier facteur de danger.

— Bon, je comprends bien pourquoi les Ispar voulaient empêcher leurs proscrits de revenir, dit Stéphane Lefart. Mais pourquoi voulaient-ils s'emparer de Cornaline ? Quelle importance a-t-elle à leurs yeux ?

— Il va peut-être pouvoir vous le dire.

Caer-Lyon, s'approchant, venait de désigner à l'attention générale un individu d'une cinquantaine d'années, en tête d'une colonne de prisonniers.

— Qui est-ce ?

— Demande-le lui toi-même, ami Gilles.

Interrogé l'homme dit s'appeler Coa-Wen, Premier du Conseil des Sages d'Ispar. Le druide avait raison. Le temps sur leur planète d'origine ne s'était pas écoulé à la même vitesse que sur Terre.

— Mais pourquoi voulais-tu t'emparer de Cornaline ? gronda le jésuite.

— J'ai perdu ma fille, j'ai perdu ma petite-fille. Il ne me reste qu'une héritière. Je voulais la ramener auprès de moi, en Ker-Ahès.

— Mais je n'appartiens pas à ton monde, rétorqua l'intéressée. Jamais je n'aurais accepté d'y vivre !

Le dignitaire d'Ispar baissa la tête et garda le silence. Les prisonniers furent rassemblés et confinés à l'intérieur de leurs vaisseaux encore intacts.

— Que va-t-il leur arriver, maintenant ? s'enquit Alain le Kern.

— Nous allons les ramener jusqu'aux frontières de leur dimension et nous les rebasculerons dans leur monde en nous assurant qu'ils ne puissent revenir de sitôt, expliqua Kartz Hoolingo, le géant Centaurien, vice-Grand-Maître des Chevaliers de Lumière et commandant du *Nerkal*.

— Comment ?

— Eh bien Alain, poursuivit le Centaurien en commençant par leur confisquer leurs croix de cornaline. L'ordre vient d'en être donné.

— À propos, quelqu'un a-t-il vu Tewenneg depuis l'attaque aérienne ? demanda Gilles Novak.

CHAPITRE VI

À la tête d'une section de douze Chevaliers, le lieutenant Forn-Raguz, un Centaurien dont la taille immense rivalisait certainement avec celle de son compatriote, le grand amiral Kartz Hoolingo, faisait le tour des bâtiments pris à l'adversaire isparien pour saisir les croix de cornaline ; ce faisant, il immobilisait ainsi leur flotte, la privant des clés d'accès vers Enez Bel et de retour vers leur dimension.

À l'entrée d'un vaisseau ennemi, le lieutenant buta contre un corps affalé. Le visage de l'homme — un sergent de l'Ordre cosmique — ruisselait de sang. Il gémit et ouvrit les yeux sur son supérieur.

— Un homme s'est introduit dans le vaisseau prisonnier, indiqua-t-il d'une voix faible. Il a tué trois frères et deux captifs d'Ispar que nous avions sous notre garde.

— Qu'a-t-il fait ? Il y est toujours ? demanda l'officier.

— Non, je ne suis interposé, mais il a réussi à ressortir. Il portait quelque chose sous sa soutane.

— Une soutane ? C'était un religieux ?

— Je pense, mon lieutenant.

Le lieutenant Forn-Raguz vint immédiatement en aviser son propre supérieur. Et ainsi de suite, suivant la voie hiérarchique, l'information arriva au vice-Grand-Maître lui-même, qui se trouvait précisément en grande discussion avec Gilles Novak, Caer-Lyon, Gradlon et Michel Merkavim.

— Je viens d'être avisé qu'un homme en soutane s'est introduit dans un vaisseau en tuant plusieurs gardes et qu'il en est ressorti porteur d'un lourd objet.

Au pas de course, tous quatre se rendirent sur place.

— J'étais sûr que Tewenneg/Le Du préparait un sale coup ! grommela le journaliste.

Ils pénétrèrent à l'intérieur de l'appareil et montèrent jusqu'au poste de commande. Mûs par de forts soupçons, ils eurent tôt fait de constater que la croix de cornaline du tableau de commande manquait.

— Je sais où il est parti, déclara Caer-Lyon.

Ys, bien sûr... Gilles Novak n'avait pas besoin de facultés télépathiques exceptionnelles pour le deviner.

— Il y a quand même une question que je me pose, fit-il, les sourcils froncés. Comment compte-t-il y accéder ? Il lui faut un bateau, un équipement de plongée au minimum. Or il n'a rien de tout ça, que je sache. À moins...

— ... qu'il n'ait trouvé des appuis logistiques

sur place, continua Kartz Hoolingo. Bon, je renvoie immédiatement des hommes sur Sein, dans notre dimension, poursuivit-il. L'île est petite, il y aura bien des témoins là-bas qui pourront leur donner des indices de son passage.

— Et toi, frère Gilles, ajouta le Grand-Maître de l'Ordre au chef du commando Alpha qui s'apprêtait à s'élancer à l'extérieur, tu rassembles trois groupes d'intervention pour exploiter immédiatement toute information le concernant.

— C'est exactement ce que je m'apprêtais à faire, sourit l'intéressé.

*
* *

Assis sur un gros rocher plat d'une crique de l'île de Sein, le père Le Du attendait. De sa main gauche, il maintenait, plaqué contre sa poitrine à l'intérieur de sa soutane, un objet dont le volume déformait le tissu de son vêtement. L'œil anxieux, le visage crispé, il scrutait l'horizon. Lorsqu'il vit enfin surgir des flots la tourelle d'un petit sous-marin jaune (qui, en tout état de cause, eût fait le bonheur des Beatles !), ses traits se détendirent et il bondit vers le rivage pour suivre les évolutions d'un marin qui, debout sur la coque du bâtiment, venait de jeter à la mer un radeau gonflable. L'homme y prit place et, tandis que le périscope d'un second submersible crevait la surface de l'eau, se mit à godiller puissamment vers la plage.

Sans même attendre que le canot touchât terre,

Le Du s'avança dans les vagues jusqu'à mi-mollet, enjamba le boudin et se laissa tomber dans la minuscule embarcation qui fit aussitôt demi-tour. Secoué par la houle, contrarié par les courants, le frêle esquif mit un certain temps à rejoindre le premier sous-marin. Lorsqu'enfin il accosta contre la coque, le rameur et son passager se hissèrent sur la passerelle, grimpèrent à l'échelle de la tourelle et disparurent à l'intérieur.

*

* *

Le *CDL 9* fut le premier vaisseau à ressortir dans la dimension « normale ». Deux avisos le suivirent presque immédiatement : le *CDL 4* — du commando Hugues-de-Payens, l'une des unités d'élite affectée en temps normal à la garde du *Nerkal* —, et le *CDL 31* — du commando Ungern-von-Sternberg, l'une des dernières unités d'élite formée à partir d'éléments russes et sous le commandement de la biologiste Elisheva Kamenhova, libérée des goulags soviétiques par le groupe Alpha dont elle devint membre avant cette affectation prestigieuse. Tous trois, en sus de leur équipage ordinaire, avaient reçu en renfort un effectif d'une trentaine d'hommes en tenue de plongée. Deux petits sous-marins civils avaient été signalés dans le secteur. Interrogés par des agents de l'Ordre cosmique en uniforme de la gendarmerie nationale, des Sénans avaient révélé qu'un homme en soutane avait été récupéré par l'un d'eux quelques heures plus tôt.

De fait, la piste de Le Du s'avéra aisée à suivre. Le moine s'était déjà souvent fait remarquer sur l'île où il fréquentait une petite maison dans le centre de Sein. Les émissaires de l'Ordre s'y étaient rendus et y avaient capturé des deux occupants présents, deux sbires de l'organisation maffieuse du nommé Jean René. Cuisinés sur place par un officier cassiopéen téléphathe avant d'être transférés sur le *Nerkal*, ils avaient indiqué que Le Du était effectivement passé quelque temps auparavant. Il avait contacté la base de sous-marins secrète de Jean René, dissimulée sous l'ilôt de Guéneron, face à la plage de La Palue, à quelques milles au nord, sur le flanc ouest de la presqu'île de Crozon. Deux submersibles attendant son signal s'étaient immédiatement mis en route pour le récupérer.

L'un des deux hommes — un russe du nom de Piotr Advédiev, ancien agent du KGB — fournit même d'autres éléments sur l'organisation de Jean René. Ce dernier était l'un des principaux responsables pour la zone Europe occidentale de la Narkoum[1]. C'est ainsi qu'il avait récupéré bon nombre

1. Organisation politico-terroristo-maffieuse, associée à l'axe MTT (Moscou-Téhéran-Tripoli) devenu MMT (Moscou-Medellin-Thaïlande) avec la chute du rideau de fer et la « fin » de l'empire soviétique. Les Chevaliers de Lumière avaient déjà souvent eu à faire à la Narkoum et à ses alliés terriens ou extraterrestres comme les Kannloriens. Voir notamment SF Jimmy Guieu n° 96, *La Force noire* (genèse de la

d'agents des anciennes forces secrètes de l'Est et qu'il les avait conservés, prenant une certaine autonomie en profitant du déclin de la Narkoum, largement ébranlée par les attaques des Chevaliers de Lumière. Depuis une modeste maison au sud du hameau de Kergonan en Rostudel, non loin du cap de la Chèvre, il contrôlait un vaste réseau de ramifications souterraines, comparables à la base secrète des Capucins[1]. Si des officiers félons de l'armée française exerçait un certain contrôle sur cette base du nord de la presqu'île de Crozon, Jean René conservait en exclusivité totale la haute main sur le dispositif de Guénéron au sud, avec pour seul objectif l'accumulation de richesses et de pouvoir. C'est ainsi que Le Du avait fini par prendre contact avec lui quelques années plus tôt. Les deux âmes damnées s'étaient immédiatement trouvé des accointances. Jean René prélevait au passage différents trésors, normalement destinés au sanctuaire du Château de Dinan[2] pour être pris en charge par les géants. Quant à Le Du, il utilisait les services

---

série des Chevaliers de Lumière), n° 101, *Narkoum : finances rouges*, n° 107, *Réseau Alpha* et n° 109, *L'héritage de Noé.*

1. Qui abritait l'effroyable projet Ankou de manipulation génétique et que les Chevaliers de Lumière avait détruite. Voir SF Jimmy Guieu n° 120, *Ankou : la vengeance d'Ys.*

2. Sanctuaire attaqué par les forces conjuguées des Ys et des Chevaliers de Lumière du commando Alpha, attaque qui entraîna apparemment la destruction presque totale des trésors accumulés, à l'exception notable d'une croix de cornaline. Voir SF Jimmy Guieu n° 120, *Ankou : la vengeance d'Ys.*

des séides de Jean René, pour mener une chasse sans pitié contre les descendants du peuple d'Ys. *In fine*, les deux crapules espéraient faire main basse sur la cité engloutie et ses merveilles.

Forts de ces informations, les trois *CDL* se séparèrent. Chacun devait balayer une zone déterminée et prévenir les autres dès repérage des bâtiments ennemis. Le *CDL 9* arma le dispositif sous-marin récemment installé pour renforcer les performances de l'appareil, et plongea dans l'océan. Shorung observait les sonars. Gilles également avait les yeux rivés sur les écrans ; leur attente fut de courte durée. Très vite en effet, deux tâches lumineuses et allongées se répercutèrent dans le faisceau du radar. Le Vahoun signala immédiatement l'identification des cibles aux deux autres *CDL* qui foncèrent aussitôt dans la direction indiquée. Rapidement, les trois avisos encerclèrent les deux petits submersibles qu'ils illuminèrent des feux croisées de leurs projecteurs extérieurs. Révélant en même temps, à cent cinquante mètres sous l'eau environ, à la longitude de la pointe du Van et à environ six kilomètres au nord de cette dernière, du côté de Basse Vieille, un spectacle extraordinaire : un entrelacs de tours, de clochers, d'édifices, de ponts s'offraient à leurs yeux émerveillés... Envahie de vase, de sédiments, de crustacés et de mollusques divers, ils venaient de retrouver la ville d'Ys !

Des plongeurs s'activaient autour de la cité pour en extraire les trésors et les ramener à l'intérieur des sous-marins. L'irruption de projecteurs puissants les avaient interrompus dans leur travail. Gilles Novak lança un ordre. Tous les équipages se dirigèrent vers les sas. Trois par trois, ils se lancèrent dans l'Iroise et plongèrent vers la cité engloutie. En moins de deux minutes, près de quatre-vingt-dix hommes-grenouilles de l'Ordre cosmique convergeaient vers les pilleurs en train de dévaliser la vieille cité. Les bandits lâchèrent leur butin et tirèrent leurs armes. Ils ne disposaient que de fusils-harponneurs et de poignards. En face, les Chevaliers de Lumière étaient dotés de multirays du dernier modèle. L'engagement fut bref. Certains de cette nouvelle génération de pirates tentèrent de lutter à l'arme blanche. Leurs corps s'en allèrent bientôt nourrir les poissons de l'Iroise. Le sous-marin le plus proche du *CDL 4* modifia alors sa position pour se placer face à l'aviso. Une torpille jaillit de son canon latéral et rata de peu le vaisseau cosmique.

Le *CDL 9* répondit immédiatement par un dard thermique foudroyant qui éventra la coque du submersible. Une voie d'eau irréparable condamna le bâtiment. En quelques secondes, il s'enfonça au fond de l'eau, perdu corps et biens à tout jamais.

Le second submersible tenta de s'échapper, mais encerclé par les trois appareils de l'Ordre, il fut contraint d'émerger. Le *CDL 31* demeura sous l'eau pour rester en contact avec les plongeurs tandis que les *CDL 9* et *4* remontèrent en surface et vinrent encadrer le bâtiment jaune à l'intérieur duquel rien ne bougea pendant un certain temps.

Finalement l'ouverture de la tourelle bascula et une dizaine d'ennemis montèrent sur la passerelle du sous-marin, les mains sur la tête.

— Oh, mais c'est ce cher Jean René en personne ! constata Shorung-N'Taal en apercevant le visage du maffioso sur l'écran de contrôle extérieur.

— Oh, mais il va se produire un regrettable accident, mon cher Shorung, ajouta Daniel Huguet avec un air faussement affligé. Regarde, j'ai voulu me pencher pour mieux voir et... merde..., — disons flûte pour le rapport —, ma manche s'est prise dans cette manette d'armement du rayon gamma... et... rezut, je suis déséquilibré et appuie malencontreusement sur le bouton de mise à feu.

Shorung-N'Taal souriait. Il saurait comment présenter le rapport de mission, même si la disparition prématurée du « parrain » l'embêtait un peu : il aurait sans doute eu de nombreuses révélations passionnantes à faire.

— Enfin la beauté du spectacle console de tant de maladresse, n'est-ce pas frère Shorung ?

— Assurément frère Daniel.

Dehors, le sous-marin venait de se désintégrer dans une superbe explosion en deux temps. Une nappe d'huile dorée par le soleil laissait une auréole multicolore au milieu des débris fumants achevant de sombrer.

— Bye-bye, conclut l'hypnotiseur en accompagnant son salut d'un signe de la main.

Désormais inutiles en surface, les *CDL 9* et *4*

reprirent la direction des fonds sous-marins pour récupérer leurs plongeurs. Précisément, au même instant, les hommes-grenouilles de l'Ordre arpentaient la cité sous-marine en quête d'un passage vers l'intérieur de la cité. Apparemment toutes les ouvertures avaient été scellées par des siècles de sédiments et de coquillages.

En toute hâte, Gilles Novak enfila une combinaison de plongée et rejoignit les nageurs. Il commença par contourner la cité et gagna les étages inférieurs, correspondant véritablement à l'ancien astronef. Braquant une lampe-torche, il avisa soudain une lueur droit devant lui. À l'extrémité d'un éperon, qui correspondait sans doute à l'avant du vaisseau — mais, ne disposant pas de recul, il ne pouvait en être absolument certain —, le chef du commando Alpha repéra un semblant d'animation derrière une vitre épaisse. Il agita ses palmes pour s'approcher et dirigea le faisceau de sa torche vers l'intérieur. Un homme était là dans une sorte de poste de commande, préservé de l'invasion des eaux. Le Du... Achevant d'ôter son équipement de plongée, il dut sentir la présence d'un observateur car il regarda de l'autre côté de la paroi transparente, vit le plongeur et sourit. Au même moment, il encastra dans son logement la croix de cornaline qu'il avait conservée sur lui.

Les souvenirs étaient anciens. Il repassa dans sa tête les gestes effectués par Gradlon, des siècles plus tôt. Soigneusement, le moine les avait conservés dans sa mémoire en se les répétant chaque soir pour ne jamais les oublier. Il savait qu'un jour, cela finirait par lui servir. Il inspira profondément, posa la main sur la croix, puis remonta un vieux levier de commande. Le mécanisme était grippé. Il s'arc-bouta et força la manette. Toute la structure trembla.

Les yeux écarquillés, le chef du commando Alpha comprit ce qui était en train de se passer. Il lança un message à tous les plongeurs. Précipitamment, ils s'éloignèrent de la cité engloutie qui tremblait de toutes parts. Des bancs de poissons qui en avaient fait leur repaire s'égaillaient en tous sens. Des plaques de sédiments tombaient du haut des tourelles. Un nuage de vase grossit autour de l'antique astronef et finit par l'envelopper totalement. Les derniers plongeurs à remonter en surface peinaient à présent à s'orienter dans ce cloaque de boue derrière lequel se dissimulait Ys. Une partie de la cité se souleva, fit mine de s'arracher de la couche de limon qui l'enracinait, puis retomba, provoquant autour d'elle un gigantesque remous vaseux.

Tous les plongeurs avaient maintenant réintégré les *CDL*. En hâte, Gilles Novak regagna la salle de contrôle auprès de Shorung et Daniel. Une nouvelle tentative pour dégager le vaisseau échoué depuis des siècles avorta sous leurs yeux. Encore une fois, il disparut derrière un mur opaque de boue.

— Il est complètement dément ! s'exclama Alain qui venait de les rejoindre. Après dix-sept siècles, le voilà qui recommence la même folie !

La vase était légèrement retombée. On apercevait de nouveau le sommet des tourelles. Le bâtiment s'ébranla, bougea d'un mètre, de deux.

— Il décolle ! hurla Daniel.

Arrachant des tonnes et des tonnes d'algues et de résidus, l'immense vaisseau-cité entamait lentement son ascension vers la surface. La boue et les sédiments qui recouvraient ses parois s'arrachaient au fur et à mesure de la montée.

Shorung-N'Taal amorça son propre émersion. Il se laissa remonter au rythme d'Ys. Puis, à quelques mètres de l'air libre, il accéléra pour sortir de l'onde juste avant l'astronef séculaire. Dans une majesté éblouissante, la première flèche jaillit des vagues comme une épée libératrice et vengeresse. Puis de nombreuses tourelles sortirent. Le spectacle était irréel... L'accouchement d'une cité anadyomède... Ys, la plus belle, née des eaux comme Vénus.

En surgissant de la mer, le vaisseau provoquait un véritable raz-de-marée. Les *CDL* planaient à une dizaine de mètres au-dessus de la surface pour ne pas subir l'assaut de ces vagues déferlantes. Des torrents écumeux s'échappaient des artères de la cité et se déversaient le long de ses parois. Des lambeaux d'algues et les coulées de la vase paraient la cité d'un oripeau de verdure épousant les mille feux éblouissants des tourelles et ornements métalliques restaurés par la pression des eaux expulsées.

Les spectateurs, figés, éblouis par ce spectacle unique, époustouflant, ne pensaient même pas à agir d'une quelconque façon. Qui a vu, qui verra un jour une ville s'envoler? Aucun des témoins n'aurait voulu mettre un terme à ce rêve insensé.

La masse du vaisseau s'éleva hors de l'Iroise. Et le fond de l'astronef émergea. Des paquets d'eau tombaient en cascades dans la mer. La cité vira légèrement de bord, choisit le cap plein ouest, prit insensiblement de la vitesse, s'éloigna à vive allure et... *explosa!*

Les trois *CDL* furent balayés par la déflagration. Shorung dut donner toute la puissance de ses moteurs pour ne pas laisser son aviso, emporté comme un fétu de paille, aller s'écraser contre les parois du cap Sizun. Ys n'en finissait pas de flamboyer dans le grand soleil, de flamber, de mourir. Les explosions répondaient aux explosions. Le débris plongeaient dans la mer dont elle venait de naître. Explosions, mer, vase, sédiments, et atmosphère. Feu, eau, terre, air. Les quatre éléments étaient réunis pour une symphonie inoubliable. Le Du avait choisi un final wagnérien à la hauteur de sa démesure, de sa démence. Un linceul de feu et de métal pour un tombeau aquatique. Ys tomba, percuta la surface de la mer. Une lame se dressa qui vint frapper les maisons de Sein et envahir les ruelles étroites de l'île plate.

Cette fois, la cité engloutie et à présent désintégrée ne se relèverait pas. Ses tours s'enfoncèrent dans l'eau. Sa dernière flèche scintilla dans le plein soleil de midi. Ys avait vécu.

CHAPITRE VII

Les trois avisos des Chevaliers de Lumière réintégrèrent la dimension d'Enez Bel.

En route, Daniel Huguet exposa la destinée du second sous-marin jaune à son chef de commando.

— C'est la vie, sourit Gilles.

Dès l'atterrissage, ce dernier tint à aller lui-même annoncer la fin de la cité engloutie à Caer-Lyon et Gradlon. Les deux frères savaient déjà. Certaines communications transcendent les dimensions. À l'ultime instant — où peut-être déjà après avoir franchi le « passage » —, Tewenneg/Le Du serait venu leur dire au revoir.

Les deux vieillards ne témoignèrent aucune amertume.

— C'est mieux ainsi. Après tout, nous allons pouvoir vivre et construire, au lieu de nous raccrocher à une chimère, des rêves de gloire d'une cité perdue... philosopha Gradlon.

— Et il faut bien avouer qu'avec la disparition de Tewenneg s'évanouit un cauchemar permanent, rappela le chef du commando Alpha.

— Je suis convaincu qu'il se serait bonifié avec le temps et qu'il se serait totalement racheté, rétorqua Caer-Lyon.

Émus par l'immuable optimisme, l'inaltérable confiance en la bonté fondamentale de ses semblables, dont faisait preuve le vieux druide, Gilles Novak se contenta de sourire.

— Qu'allez-vous faire maintenant? demanda-t-il.

— Continuer à vivre et à goûter les plaisirs de l'existence, au milieu de notre peuple en Enez Bel, professa Gradlon.

— Mais d'abord, nous allons célébrer notre victoire, une victoire obtenue grâce à vous, chers Chevaliers de Lumière!

*
* *

Alors que, dans la dimension « normale », les chrétiens célébraient la lumière de l'Esprit-Saint en ce dimanche de Pentecôte, sur Enez-Bel une grande fête se prépara. Pendant que des unités combattantes partaient balayer la base de Guénéron de sa lie maffioso-terroriste, les équipes du *Nerkal*[1] prêtèrent assistance aux descendants d'Ys pour nettoyer rapidement l'île et la parer des plus beaux atours pour la cérémonie. Dès la fin de l'après-

1. Dix mille « permanents » demeurent, selon les statistiques officielles, à bord du vaisseau amiral de l'Ordre.

midi, tout était fin prêt pour des réjouissances à nulle autre pareille. Les meilleurs musiciens, les meilleurs cuisiniers, les meilleurs chanteurs, les meilleurs danseurs d'Ys ou des Chevaliers de Lumière rivalisaient d'adresse et de talent pour la gloire de leur camp et la célébration de la paix restaurée et de la justice. Ys avait retrouvé un souverain légitime et juste. Caer-Lyon avait retrouvé son frère dans toute son authenticité.

Et Stéphane Lefart avait retrouvé Cornaline. Les deux amants se promenaient sur le rivage, loin des fureurs de la liesse.

— Je n'ai jamais vu un homme me regarder comme toi, dit la jeune femme en embrassant son compagnon.

— Je n'ai jamais regardé une femme comme toi.

— Veux-tu vivre avec moi ? demanda le jeune homme à son amie.

— Je ne crois pas. Enfin, je ne sais pas...

— Mais pourquoi ? Qu'est-ce qui t'en empêche ?

— Tu n'es pas libre, Stéphane, rétorqua Cornaline. Et moi je suis éprise de liberté. Je ne veux, ni ne peux imaginer de chaînes. Tu es passé d'une allégeance à une autre : hier les jésuites, aujourd'hui les Chevaliers de Lumière.

— Je ne te comprends pas... Comment peux-tu comparer l'Ordre cosmique aux structures chrétiennes ?

— Même si je peux partager une grande part de vos engagements, je ne suis pas et ne serai pas... Chevalière, fût-ce Chevalière de Lumière.

Privilège exceptionnel, la jeune femme avait été autorisée, l'après-midi même, à assister à la cérémonie d'initiation de Stéphane Lefart au sein de l'Ordre. Dans le grand temple du *Nerkal*, elle l'avait vu revêtir le manteau blanc orné du blason de l'Ordre, recevoir l'épée et prêter serment en prononçant les formules secrètes et sacrées. Jamais un non-membre de l'Ordre n'était autorisé à assister à une initiation. Dans l'esprit du Grand-Maître Michel Merkavim et probablement de Gilles Novak, responsable pour les pays francophones, Cornaline rejoindrait prochainement les rangs de l'Ordre.

— Jamais, assura-t-elle.

— Et si nous étions libres tous les deux, m'aurais-tu aimé ?

Elle ne répondit pas et se dirigea vers les danseurs.

La nuit même, Stéphane et Cornaline firent intensément l'amour.

*

* *

Le lendemain, les Chevaliers de Lumière repartirent à bord du *CDL 9* pour le colloque de Daoulas. Cornaline ne voulut pas les accompagner, mais rentra dans son penti à Montourgar. Avec ses talents d'orateur, Gilles Novak présenta un discours époustouflant, riche de péripéties et d'informations, qui emporta l'adhésion.

— Après vous, je vais avoir du mal à assurer, lui confia à l'oreille l'intervenant suivant.

Le week-end de Pentecôte s'était écoulé en un éclair, comme une suspension du temps entre l'intervention de Stéphane Lefart au colloque et celle de Gilles. Comme un rêve. Un rêve de cités merveilleuses englouties.

*
* *

Un mois plus tard, Cornaline revit son ami.

— Je suis enceinte, lui annonça-t-elle.

— Tu veux dire de... de moi ?

— Évidemment !

— Je suis heureux, Cornaline ! exalta Stéphane. Doublement, car, maintenant, tu ne peux plus refuser de vivre avec moi.

— Je ne m'appartiens pas. Je ne t'appartiens pas. Je n'appartiens à personne. Je suis à ma communauté... la gardienne des clés et du foyer... comme toutes les Cornaline avant moi et toutes celles qui viendront après moi. Je ne peux me soustraire à ma charge. Si je le pouvais, maintenant je viendrais vers toi. C'est pour cela que j'ai voulu que tu me fasses un enfant. Je vais retourner en Enez Bel. Si j'accouche d'une fille, je la laisserai à la communauté et je reviendrai vers toi.

— Tu ne vas pas abandonner ton enfant, *notre* enfant ?

— C'est le prix à payer. Mais ils s'occuperont parfaitement d'elle. Comme ils se sont occupés de moi. Nos enfants ne nous appartiennent pas, de toute façon. Ils ont leur destin à faire. J'ai eu moi-même un destin à accomplir.

— Et si c'est un garçon ?

— Enez Bel... Enez Sun... C'est l'île aux sept sommeils, aux sept vies... Il y en aura bien une pour nous deux, un jour. Attends-moi, si tu as confiance en moi.

Pendant le mois qui suivirent, chaque fois qu'une occasion lui permettait de s'évader vers la presqu'île de Crozon, le nouveau Chevalier de Lumière se pressait vers le cap de la Chèvre pour contempler l'île de Sein sous la lune. Au terme de neuf lunaisons, l'île lui rendrait Cornaline. Peut-être. Dressé dans le vent du large et la nuit claire, la chevelure affolée par les alizés fantasques, le regard perdu dans d'improbables irréalités, Stéphane se perdait dans sa rêverie.

« La lune était sereine et jouait sur les flots. »

Achevé d'imprimer en septembre 1998
sur les presses de l'Imprimerie Bussière
à Saint-Amand (Cher)

VAUVENARGUES - 14, rue Léonce Reynaud - 75116 Paris
Tél. : 01-40-70-95-57

– N° d'imp. 2082.–
Dépôt légal : septembre 1998.
Imprimé en France